バツイチですが堅物閣下（四十歳）の初恋を奪ってしまいました

Youka Koinada

こいなだ陽日

JN071374

Honey Novel

Illustration

炎かりよ

CONTENTS

プロローグ ―――――― 7

第一章 バツイチ文官と堅物大臣 ―――――― 9

第二章 初恋に気付いた四十路 ―――――― 51

第三章 奇妙な事件 ―――――― 97

第四章 前の夫が知らない奥まで ―――――― 146

第五章 事件の顚末と恋の行方 ―――――― 190

エピローグ ―――――― 269

おまけ 監査から戻った直後の精霊大臣 ―――――― 297

あとがき ―――――― 307

バツイチですが堅物閣下（四十歳）の初恋を奪ってしまいました

Honey Novel

プロローグ

燦然《さんぜん》たる日の光が窓から差しこみ、広い部屋を照らす。

とある宿の一室、豪奢《ごうしゃ》なベッドの上に裸の男女がいた。女性のほうは涙目で嫌がっている。

この状況だけ聞けば、男性が女性に無理を強いている場面を想像するだろう。

――だが、現実は違った。

細身の女性が、自分よりも一回り大きい男性の上に覆い被《かぶ》さっている。

「私を抱きたくて仕方ないのだろう？　私は構わん。好きにしてくれ」

男性は粛々《しゅくしゅく》と告げた。彼を押し倒した彼女は頬を赤く染め、呼吸を荒くしながら理性をなんとか保とうとしている。

しかし、室内に充満した甘ったるい匂いが彼女の思考回路を狂わせていた。脳内は淫靡《いんび》な願望で占められ、目の前の男性を襲いたくてたまらない。

彼女には離婚経験があり、なにも知らない生娘というわけではなかった。だから、異性を襲うのにこれからどうすればいいのか知識ならある。

一方、どこか余裕そうな男性はその表情とは対照的に、四十歳にして女性経験がなかった。

「冗談ではない。君のために勃《た》てている」

ずいぶんと冷静な口調だが、その下腹部では昂《たか》ぶった浅黒いものが腹につきそうな勢いで反り返っていた。先端には透明な滴が滲《にじ》んでいる。

彼女にとって窮地に追いこまれたこの状況は、誰に騙《だま》されたわけでもなかった。ある目的のため、自らの意思で起こしたことである。

まさか、目の前の男性がここまで乗り気になるとは予想もしていなかった。迂闊《うかつ》だったが、後悔も淫らな思考に塗りつぶされていく。

（どうしよう……）

もう、どうしようもない。このすぐあとに、彼女は嬌声《きょうせい》を上げることになる――。

第一章　バツイチ文官と堅物大臣

「なんなのよ、あの女！　あんた、ずっと浮気してたのね！」

王城の厳《おごそ》かな廊下に金切り声が響き渡った。

書類を手に歩いていた文官は関わらないように道を変え、メイドは対峙《たいじ》している男女を柱の後ろから面白そうに眺めている。

この城で文官として働くネーヴァ・ハイメスも廊下を歩いていたところ、男女の修羅場を目撃してしまった。とはいえ、他人にはあまり興味がない。引き返して別の廊下から目的地に行こうとした。

しかし、次いで聞こえてきた言葉に思わず足を止める。

「だったらどうなんだよ。お前が信仰しているのは愛の精霊だろ？　どうせ離婚できない掟《おきて》なんだから、諦めて多少の女遊びくらい見逃してくれよ」

「……っ！　離婚できないからこそ夫婦は仲よくする必要があるの！　あなたが他の女に手を出しても笑っていられるほど、私は心が広くないのよ」

「そこはお前が譲歩するしかないだろ。俺は変わるつもりがないからな」

夫婦と思われる二人のやりとりに、ネーヴァの腹の底からじわじわと怒りがこみ上げてくる。別の道に進もうとしていたところだが、踵《きびす》を返して男女の間に割りこんだ。

痴話喧嘩《ちわげんか》中の男女に割りこんだネーヴァに、そしらぬふりして立ち去ろうとしていた他の者も思わず足を止めてなり行きを見守ろうとしている。

ネーヴァは自分の容姿が人目を引くことを理解していた。

珍しいクリーミーブロンドの髪は光に当たるとほのかな黄金色に輝く。一般的な女性より高めの身長は強い存在感を与え、整った顔立ちを余計に目立たせた。

年は二十八だが、年を重ねるにつれ容姿は衰えるどころか色気を放つようになったと言われる。

瑞々《みずみず》しい新緑を思わせる瞳が男性を睨《にら》みつけた。突然現れた迫力のある美人に、彼は言葉を詰まらせる。

観客もいることだし、彼が暴力を振るってくることはないだろう。彼が黙ったのを見計らってネーヴァは女性に声をかけた。

「あなた、今から精霊省にいらして？　離婚可能な掟を持つ精霊に信仰を変える手続きを教えて差し上げるわ」

「……は、はい」

女性は呆気《あっけ》にとられたあと、こくりと頷《うなず》く。すると男性のほうが声を荒らげた。

「ちょっと、お姉さん。これは俺たち夫婦の問題なんだ。邪魔をしないでくれるかな？」

「邪魔はしていません。わたしは精霊省の仕事をしているまで。こちらの女性が信仰している精霊の掟でお困りの様子でしたので、ご協力しようかと」

「だから、それが余計なお世話だって言ってんだよ。大体、信仰する精霊の変更だなんて手間も金もかかるだろう」

「そういう噂《うわさ》があるようですが、実際は違います。彼女も興味があるようですし、詳しい説明はこれから彼女にしますので。さあ、行きましょう」

ネーヴァが女性を連れて立ち去ろうとすると、男性にぐいっと肩を掴《つか》まれた。

「おい、待て……」

「文句があるのでしたら、わたしの上司であるシモン・ジフォード精霊大臣までお願いしますね」

「精霊大臣って、あの……！」

彼の顔色が変わった。この城で働く者なら、誰もがシモン・ジフォードの名前を知っている。

各省の大臣たちの中でも特に気難しい男で、彼の仕事を邪魔する者は所属に関係なく退職に追いこまれていた。目の前の男性も、シモンを恐れてネーヴァから手を離す。

「さあ、行きましょう」

「は、はい」

ネーヴァは彼女を連れると、自分の職場である精霊省へと向かった。

精霊省は城内でも奥まった不便な場所にある。

政《まつりごと》や経済、国防に直接関係する省が利便性のいい場所に配置されるので、それ以外の省はどうしても端に追いやられてしまうのだ。とはいえ、国民に必要な組織なのは確かである。

ネーヴァは先程の女性を精霊省の来客用ソファに座らせると、説明に必要な書類を取ってきてテーブルの上に広げた。

「まず、信仰する精霊についてお話ししましょうか。ご存じかと思いますが、この国では誰もが信仰する精霊を決めています」

ネーヴァのいる国には土着信仰が根付いている。国中の到《いた》るところに精霊が宿り、その精霊を各地で崇《あが》め奉っていた。

精霊は目に見えないし、会ったことがある者もいない。それでも、この世界に存在すると言われていた。

国民はいずれかの精霊の洗礼を受け、自分の信仰する精霊を定めている。信仰対象として認められている精霊の数は百柱にも上り、それぞれの精霊には独自の掟があった。

たとえば、特定の動物の肉を食べてはいけない、酒を飲んではいけない、喫煙してはいけない、そして離婚をしてはいけない……など。この掟を破ると精霊が怒り、災いが起こるとされている。

だから、国民は自分が信仰する精霊の掟を絶対に守るのだ。

「掟は精霊によって様々ですが、あなたが信仰するのは愛の精霊でしょうか？」

「はい。そして、夫のほうが自由の精霊なのです」

「ああ……夫婦生活を送るのにはずいぶんと相性が悪い組み合わせですね」

ネーヴァは眉根を寄せる。

精霊省の所属なので大体の精霊の掟は頭に入っているが、愛の妖精は掟で離婚を禁じ、たった一人の配偶者を生涯愛し抜くことを重要視していた。

一方、自由の精霊は浮気も不倫も大歓迎という掟を持ち、離婚も自由である。愛の精霊と自由の精霊を信仰する男女が結ばれると、掟の違いから夫婦のいざこざが起きるのは珍しくなかった。

――それを解決するのが精霊省の仕事の一部である。

精霊の掟に不満を持つ国民が増えれば、精霊への信仰が薄くなる。そうなると、徐々に精霊をないがしろにする風潮になってしまうだろう。

今から遡《さかのぼ》ること二百年ほど前、「精霊の掟など馬鹿馬鹿しい」という若者が増えて信仰が薄れてしまったことがある。

見返りもなく、目に見えない存在を信仰するのは難しい。国民の多くが精霊の掟を無視するようになり、精霊を崇めなくなってしまった結果、各地で大きな災害が多発した。

これは祟《たた》りに違いないと、軽視していた精霊を崇めて掟に従ったところ、たちまち災いが終束したのだと伝わっている。

それ以降、国を挙げて精霊信仰を重視することになり、この精霊省ができた。よって、精霊省に所属するネーヴァは、精霊の掟で困っている人を放置できない。

「信仰する精霊は、親のどちらかが信仰する精霊に決められ、戸籍にも紐《ひも》付けられます。しかし、成人すれば自分の意思で信仰する精霊を変更することが可能です。そのことはご存じでしたか？」

「はい。私自身、愛の精霊への強いこだわりはないのですが、掟が厳しくないので変更することはないと思い、詳しくは調べたことがありません。変更するには他の精霊の洗礼を受けるというのは聞いているのですが、具体的にどうすればいいのか……」

「それを案内するのが我々の仕事です」

ずっと表情を強張《こわば》らせている彼女に、ネーヴァは柔らかく微笑《ほほえ》みかける。

国民の誰もがそれぞれの信仰する精霊を決めているが、一生同じ精霊を信仰する必要はない。そもそも精霊の掟が厳しすぎるあまり、反感を抱いて信仰心が薄れるのは国としても放置しておけない問題だった。

この国に百柱いる精霊のうち、信仰するのはどれでもいい。

重要なのは信仰すると決めた精霊をきちんと崇め奉り、掟に従うことだ。別の精霊に信仰が移る者がいたとしても、他に信者がいれば精霊は災いを起こさないとされている。

だから精霊省では、精霊の掟で困っている人には信仰する精霊の変更を勧める。これも国の平穏を守るためだ。

「まず、離婚可能な掟の精霊を紹介させていただきますね。ざっと四十柱ほどあります。こちらの資料をご覧ください」

ネーヴァは彼女に精霊の掟が記載された書類を渡す。精霊によって掟は様々で、多くの掟を持つ精霊もいれば、わずか三つしか掟を持たない精霊もいた。

そして、離婚を禁じていない精霊もそれなりに存在する。

「こんなにたくさん……」

「一気に見るのも大変ですよね？　ですので、わたしのお勧めは愛の精霊によく似た恋の精霊です。恋の精霊でしたら王都で洗礼を受けられますから、変更手続きも簡単かと」

書類の束から恋の精霊の掟を引き抜き、彼女に渡す。

「まあ……！　これは確かに今までの掟とよく似ています。これなら精霊を変えても生活に支障はなさそうです」

「今の精霊への信仰が深いのであれば話が別ですが、そうでないなら恋の精霊を推薦します。また、精霊を変更するには新たな精霊の洗礼を受けることになりますが、それにはお布施が必要となります」

精霊自身はお金を要求しないけれど、精霊がきちんと奉られるように設備を管理する者は存在する。当然、それらの維持管理には費用が発生するので、信仰する精霊の変更には「お布施」という名の献金を要求されるのだ。

精霊の管理は責任が重く、大変な仕事である。金銭のような旨味《うまみ》がなければ、誰が望んでやるだろうか？　いくら災害を防ぐためであっても、善意だけに頼ればいつか制度が崩壊してしまうだろう。

だからこそお布施は存在する。その費用はもちろん精霊を奉るためだけでなく、管理する側の懐にも入るのだ。

いくら国のためとはいえ、無償で働く文官などいないし、見返りを求めずに命を張る騎士もいない。それと同じで、お布施はいわば精霊を管理する者への対価であった。国民は二百年前の災害について学校で教えられているので、この制度に異を唱える者はいない。

「恋の精霊の場合、洗礼に対するお布施の相場はこのくらいの額になります」

ネーヴァが紙にペンを走らせて数字を記す。それは決して安くはないが、高すぎない額だった。

目の前の彼女は廊下にいたのだから、きっとこの城のどこかで働いているのだろう。ならば、このくらいのお布施なら出せるだろうと予想している。

もっとお布施が安い精霊もいるけれど、そういった精霊は掟が厳しかったりするのだ。ネーヴァは彼女なら大丈夫なはずだと判断し、今の掟とあまり大差がない精霊を勧めたのである。

「……このくらいなら、私でも出せます。それに王都で洗礼を受けられるなら旅費もかからないでしょうし」

案の定、彼女は頷いた。

「今すぐ離婚したいわけではありません。でも、私が従うべき掟が離婚を禁じているからこそ夫は平気で浮気をするのです。私がいつでも離婚できるとなれば、夫への抑止力にはなるでしょうね。……だから信仰する精霊を変更し、新たに恋の精霊を崇めたいと思います」

「ええ、ぜひ。それでは恋の精霊の洗礼を受けるための具体的な手続きについて、説明しますね」

ネーヴァは細かく説明をする。相手は真剣な顔で聞いていた。今日の仕事が終わったら、その足で洗礼を受けに行きそうな勢いである。

「なるほど……。ありがとうございます。とてもわかりやすかったです」

一通り説明を終えると、彼女がぺこりと頭を下げる。

「お気になさらず。これもわたしの仕事ですから」

「すぐにでも信仰する精霊を変更します！　……ですが、これでも夫の浮気が収まらなかったら、離婚まで踏みきれるかどうか……」

彼女は愁いを帯びた溜《た》め息《いき》をつく。

たとえ信仰する精霊が変わっても、実際に離婚するかどうかは話が別だ。そこはもう、ネーヴァの踏みこめる領域ではない。彼女が自分で決めることである。

しかし、ネーヴァは自分の過去を語ることにした。

「実は、わたしも夫の浮気が原因で離婚した経験があります」

「えっ、離婚されていたのですか？　しかも、こんなにお綺麗《きれい》なのに浮気されるなんて……」

「わたしは辺境の男爵家の生まれで、同じく男爵位の男性に嫁ぎました。わたしの信仰する精霊も、元夫の信仰する精霊も掟で離婚を禁じていませんでしたが、元夫には『離婚したところで、実家に出戻れるのか？』と高をくくられて、浮気が止まらず……」

──ネーヴァはまだ結婚に夢を見ていた二十歳《はたち》そこそこの頃を思い返す。

元夫はとても顔のいい男だった。二人で舞踏会に参加すれば誰もが振り返り、美男美女で似合いの夫婦だとよく言われたのを覚えている。

しかし、顔がいい既婚者というのはかなり人気がある。安心して遊べるとあって、レディたちの元夫への誘惑は止まらず、夫は何度も浮気を繰り返した。真夜中に空いたベッドの半分を見て何度枕を涙で濡《ぬ》らしたことか。

もちろんネーヴァも黙っていられず、何度も抗議をした。

だが、離婚したところでネーヴァには帰る場所がない。当時、実家の男爵家はすでに弟が嫁を迎えていたので、出戻りをして弟夫婦の新婚生活を邪魔するわけにはいかなかった。

「わたしはとある事情で実家には戻れませんでしたから、一念発起して国家試験を受け文官になったのです。貴族文官のための寮があるから住む場所には困りませんし、文官ならば給金もいいですしね」

離婚した貴族女性が一人で生きていくには文官になるのが一番いい。勤労に励むべしという掟を持つ精霊もいるので、城には貴族の女性でも働ける環境が用意されているのだ。

それを頼ることにしたネーヴァは、寝る間も惜しんで勉強した。元夫はネーヴァが国試に受かるはずがないと軽く考えていたようだが、彼への怒りがやる気に火をつけたせいか結果は一発で合格。

これで実家にも迷惑をかけずに離婚できると思った矢先、元夫が初めて謝ってきた。それはもう、みっともなくネーヴァの足に縋《すが》りついて「行かないでくれ」と言ってきたのだ。

元夫は顔のいい男だったけれど、必死に縋りつく顔はとても情けなく見えて、わずかに残っていた情も塵《ちり》と消えた。そして、胸の奥がすっとしたのである。

かつて愛していた男の無様な姿を見て心が晴れるなど、夫婦としての関係は破綻《はたん》していた。もう、彼を好きだった自分には戻れないのだと思い知る。

なにより、文官になって離婚しようと決めたその日から、ネーヴァは元夫に身体《からだ》を許していなかった。久々に触れられたと思えば足に縋りついてきたものだから、自分たちは手遅れだと痛感した。

――そして離婚し、今に到る。

「あなたもこの城で働いているのでしょう？　ならば、信仰する精霊さえ変えてしまえば離婚後の生活は困らないはず。寮もありますしね。不仲ならば離婚を推奨する精霊もいますし、城には離婚して働いている女性もそれなりに多いですよ」

「そうなのですね……」

「あなたの人生です。なにを大事にして生きるのか、あなた自身が決めてくださいね」

「……！」

ネーヴァの言葉に、はっとしたように相手の女性が目を瞠《みは》る。

愛はなくても夫婦という関係や世間体を大事にするのか、それとも自分自身を大事にするのか。

それを選ぶのは彼女だ。これからじっくり考えればいい。

「ありがとうございます！」

彼女はネーヴァが渡した書類を胸に抱き、頭を下げて部屋を出ていく。

一仕事終えたネーヴァはぐっと腕を上げて身体を伸ばした。すると、怒号が耳に飛びこんでくる。

「何度言ったらわかるんだ！　貴様は一週間前にも同じ間違いをしたばかりだろう！」

精霊省の一番立派な机で男が声を荒らげていた。その目の前で、新入りの文官男性が身体を縮こめている。

大迫力で怒っているこの男こそ、精霊省の大臣シモン・ジフォードだ。

漆黒の髪は後ろに撫《な》でつけられ、眼鏡《めがね》の奥で深紅の瞳が吊《つ》り上がっている。ネーヴァは彼の下で何年も仕事しているが、基本的に怒り顔だ。笑ったところなど、ほとんど見たことがない。

年は四十歳。しかし、年相応には見えなかった。

ネーヴァの元夫もかなりの美男子だったが、シモンはその上をいく美形っぷりだ。魔性のような雰囲気を持ち、彼自身が精霊なのではないかと噂されているほどである。

とにかく仕事が大好きな男で、次期宰相の筆頭有力候補だ。彼自身は侯爵なのだが、侯爵領を経営する時間が惜しいと領地を国に返上してしまったほどである。

仕事を円滑に進めるために爵位は保持したままだが、貴族が自らの意思で領地を返上するなどまさに前代未聞。

領地経営は大変でも定期収入があるので、城で働く貴族はどんなに忙しくても自分の領地を手放さない。忙しい者だって、信用できる親戚や家臣に領地経営を任せている。

しかし、シモンは大臣として仕事をしながらでは領地の管理が中途半端になると考え、それならば国の管轄にしたほうが領民のためだと判断したらしい。

結局、侯爵領は国の一時預かりとなった。

そして、彼は領地経営に時間を取られなくなったぶん、さらに仕事に尽力した。つい先程の浮気していた男性もシモン・ジフォードの名前を聞いておののいたが、周囲から恐れられる存在である。まさに仕事の鬼だ。

そんな彼は今日も元気に部下を怒鳴りつけている。

（ああ……その間違いはわたしも以前指摘していたけれど、忘れてしまったのかしら？）

聞こえる内容から、なにが起きたのかネーヴァは推測する。

怖い大臣がいることで有名な精霊省に所属された新人は、かなり萎縮《いしゅく》していた。優秀な成績で国試を突破したようだが、いかんせん小さな間違いが多い。そして怒られるのだ。

もっとも、怒るのは時間もかかるし気力が必要な行為である。相手を育てようと思っているからこそシモンも注意しているのだが、肝心の新人はもうそれどころではない。あの迫力で責められれば、注意された内容ではなく怒られたということしか頭に残らないだろう。

「大体、お前は――」

間違いを指摘してもシモンの説教は終わらない。しかも、先日注意した別件を蒸し返し始めた。新人はもう真っ青である。

シモンにとっては「前に指摘した点の復習もかねての指導」なのだろうが、あの様子では絶対に新人には伝わらない。いい年をした成人男性なのに泣きそうに見える。

大臣の怒声が響き渡る室内は凍りつき、肌寒く感じた。誰もが黙りこんで、気まずそうに仕事をしている。

新人が怒られている内容はネーヴァをはじめとして、すでに職場の皆《みんな》が散々注意してきたことだった。この叱責は行いを正さなかったがゆえの自業自得であり、仕方ないという雰囲気になっている。

(でも、いくつものことを一気に注意するのは逆効果よね？　言われたことを覚えきれないだろうし、結局新人のためにもならないわ)

説教を聞きながらテーブルの上を片付け終えたネーヴァは、助け船を出すことにした。

別に新人に同情したわけではない。これ以上の説教は無駄としか思えないし、シモンの怒鳴り声がうるさくて仕事の邪魔になるからだ。

「閣下！　いくらわたしが好きだからって、いいところを見せようとしなくても、閣下が仕事ができる素敵な男性ってことは十分わかっていますよ」

少し艶めいた声を張り上げる。すると、シモンはネーヴァに視線を向けてきた。

目が合ったので、片目を瞬《まばた》かせて微笑む。すると、シモンは毒気を抜かれたように溜め息をついた。

「はぁ……。もういい、下がれ。次からは注意するように」

長い説教から解放された新人は、ネーヴァに小さく頭を下げる。

——ネーヴァの信仰する精霊は恋の精霊。そう、先程の女性に勧めた精霊だ。

恋の精霊というからには色恋沙汰の掟が多く、「恋愛に関わる内容ならば、どんな時でも忌憚《きたん》なく言葉にしていい」というものがある。「言葉にする」ではなく「言葉にしていい」と曖昧さを残した掟だが、これも恋の駆け引きを前提にしているからだ。

だからネーヴァは、もし誰かが自分に恋愛感情を抱いていると感じたなら、精霊の掟に従いどんな時でも口にする権利がある。誰かが説教をしている最中でも、だ。

ネーヴァはそれを逆手に取ることでシモンの説教を止められる。

渋い表情をしたシモンが不機嫌そうに書類仕事を再開すると、部屋の中の緊張が解けた。

やはり、怒号の中では仕事がやりづらい。

ネーヴァが自分の机で仕事をすると、隣に座っていた同僚が小さく親指を立ててきた。にこりと微笑んで返す。

——実際のところ、シモンはネーヴァに好意など抱いていない。そして、ネーヴァもシモンに好かれているとは微塵《みじん》も思っていないし、ここにいる同僚たちは皆それを理解している。

仕事に熱心なあまり暴走したシモンを止める数少ない方法のひとつが、精霊の掟を建前にしたネーヴァの戯《ざ》れ言《ごと》だった。

実は二年ほど前、ネーヴァが小さな間違いを犯したことがある。

それに対し、遅くまで長時間ねちねちと注意してくるシモンに辟易《へきえき》し、「こんな時間まで引き留めて話し続けるだなんて、そんなにわたしのことが好きなんですか？」と嫌味をこめて言ってみたところ、効果てきめんだったのだ。

仕事一筋で堅物の独身男は、こういった戯れ言を躱《かわ》すのに不慣れらしい。彼は呆《あき》れてなにも言えなくなってしまい、ネーヴァは無事に解放された。

その時、この手は使えると思った。

それ以降、ネーヴァはあまりにも度を越えた説教の時に「シモンが自分を好き」と言わんばかりの言葉を伝えることで、彼の怒気を抜くようにしている。

あの仕事一筋の堅物が自分に好意を抱いているだなんて、勘違いも甚だしい。

おそらくシモンもネーヴァがわざとやっていることに気付いているだろう。

だが、彼も自分の叱責が度を越しているという自覚があるのか、一度もネーヴァを注意したことがない。ただ呆れて、仕事に戻るだけだ。

若干一名が不機嫌そうな顔をしているが、静かになった部屋でネーヴァは仕事を再開する。

すると、精霊省の文官の一人が立ち上がった。

「そういえば、昨日旅から戻ってきたのですが、お土産《みやげ》を配るのを忘れていました」

彼は大量のハンカチを取り出すと、それを配り歩く。

彼は旅の精霊を信仰していて、三ヶ月に一度は旅に出る掟を守っていた。精霊省は各個人の掟に寛容で、ネーヴァの戯れ言も掟の上での発言だと許されるし、彼が仕事を休んで旅に行くのも許されている。

そして、旅の精霊には「旅先では身近な者に土産を買うこと」という掟もあった。だから彼は旅に行くたび、こうしてお土産を配り歩くのだ。

旅費とお土産代だけでもそれなりの出費になると思うが、彼はそれも旅の醍醐《だいごみ》味だという。

ともあれ、皆は色とりどりのハンカチから自分が好きな色を受け取った。あのシモンも精霊の掟を無下にするわけにはいかず、侯爵に不釣り合いな安物のハンカチを受け取る。

とうとうネーヴァの番が回ってきたけれど、残っていたのは桃色のハンカチと青いハンカチだった。席が端のほうなので、順番的に最後になってしまったのだ。

ちなみに、ネーヴァの次に選ぶのはかわいらしい女性文官である。

「ネーヴァさんはどちらにする？」

「青ね。好きなのよ、この色」

ネーヴァは即答した。深い青で、男性が持っていてもおかしくない格好いい意匠《デザイン》のハンカチである。

「ああ、やっぱり青か。ネーヴァさんってそういう印象だよね」

「ええ。わたしに桃色はかわいすぎるわ」

ネーヴァが苦笑すると、かわいい女性文官が最後に残った桃色のハンカチを嬉《うれ》しそうに受け取る。きっと心の中で桃色のほうがいいと思っていたのだろう。

桃色のハンカチは彼女にとても似合っていた。

(わたしには似合わないけど、本当は大好きな色なのよね)

彼女を見ながら、そんなことを思う。

もっとも、大好きな色が似合わないことを悲観するつもりはない。自分の容姿には満足しているし、誰にだって似合う色と似合わない色がある。

どこか冷たい印象がある自分には青が合うのだ。

ネーヴァはもらったハンカチをしまう。その様子をシモンが見ていたことには気付かなかった。


精霊大臣のシモン・ジフォードが眉間に皺《しわ》を寄せている様子は珍しくない。むしろ、彼は高確率で不機嫌そうにしている。

しかし、その日は少し事情が違った。いつも彼がかけている眼鏡がないのである。どうやら割ってしまったらしい。

眼鏡ができるまで数日かかるようで、視力の悪い彼は目を眇《すが》めながら仕事をしていた。そのおかげで、いつもより機嫌が悪そうに見えてしまう。

もっとも、視界が不明瞭で仕事が思うように進まず、苛《いら》つきもあるようだ。精霊省で働く者たちはシモンを刺激しないように怯《おび》えながら仕事をしている。

間違わなければ理不尽に怒られることはないので、ネーヴァは特に気にせず仕事を進めていた。

そんな中、シモンが省内の文官たちに声をかける。

「誰か、今から書庫についてきてくれ。視界が悪くて目当ての資料を探せそうにない」

返事をする者はいない。平時でさえ彼は怖いのだ。視界が悪いせいで仕事が思うように進まず、苛立《いらだ》っている彼を進んで手伝おうという者はいない。誰も手を上げず、気まずい空気が流れる。

(いくら仕事熱心とはいえ、いつも怒ってばっかりいるから部下に好かれないのよね)

シモンの自業自得であっても、少しは可哀想《かわいそう》に思ってしまう。

「わたしが行きます」

見かねたネーヴァが椅子から立ち上がれば、同僚たちはあからさまにほっとした様子を見せた。

「頼む」

こういう時、素直に「ありがとう」と言える素直さがあればいいのにと思いながら、ネーヴァは彼と書庫に向かう。

執務室から離れた場所にある書庫は薄暗く、埃《ほこり》っぽかった。誰もおらず、しんと静まり返っている。

「なにをお探しですか？」

「ディルタール地方の文献だ。新しい精霊を信仰したいと申請書が上がってきたが、どうも怪しくてな。あの土地と申請のあった精霊では相性が悪いように思える」

「なるほど。ではディルタール地方に関する文献だけでなく、同じ地方からの申請書類もあったほうが参考になりますね」

「君は話が早くて助かる。眼鏡がなくては背表紙さえ読めない状態だから、選ぶのは任せた」

「そんなに目が悪いのですか？　もしかして、わたしの顔も見えません？」

背表紙も読めないとはよっぽどだ。驚いて訊《たず》ねてみれば、シモンがぐっと顔を寄せてくる。

「……っ！」

息がかかるくらいの距離まで彼の顔が近づいてきた。

「ここまで近づけば、はっきりわかるな。これ以上離れるとぼんやりとしか見えないが、君だということくらいはわかる」

「そ、そうですか……」

これほどまでに彼と顔を近づけるのは初めてで、ネーヴァは動揺してしまう。思わず声が上擦ってしまった。

シモンはとても四十路《よそじ》とは思えない綺麗な顔をしているが、眼鏡を外すと余計に若く見える。近くで見ると肌もきめ細かで、男性特有のあの脂っぽさもない。

元夫も顔がよく、美形には慣れていたはずなのに、シモンの顔を至近距離で見るとさすがにどきりとしてしまった。頬が染まったが、どうせ目の悪い彼はそこまで見えないだろう。

ネーヴァはさりげなく後ずさる。

「では、目当ての文献の場所に移動しましょう。あちらの書架だと思います」

ネーヴァは平静を装って歩きだす。シモンは大人しくついてきた。

目当ての書架の前にたどりつくと、中身を確認して説明しながらシモンに手渡していく。

彼のほうで「これは必要ない」と不要なものは返してくれるので、必要な資料を手早く選べた。

「これが伝承に関する本で、こちらが地形の本。あっ、犯罪記録の文献もあります」

「ふむ。それもくれ」

「はい」

シモンが手を伸ばした瞬間、ネーヴァが振り返る。急に身体の向きを変えたので、彼の手は予想外の場所にたどりついてしまった。

資料を受け取ろうと伸ばしたその手はネーヴァの胸に触れる。

「えっ」

「ん？」

彼の大きな掌《てのひら》がすっぽりと胸を包みこんだ。ネーヴァが硬直していると、むにゅっと一回揉《も》まれる。

「……っ、申し訳ない」

慌てた様子でシモンが手を引っこめた。

「いえ。よく見えなかったでしょうし、わたしも急に身体の向きを変えましたから。……はい、こちらが犯罪に関する文献です」

淡々とした声で彼に資料を手渡せば、「ありがとう」と返ってきた。彼が素直にお礼を言ったので、少し驚いてしまう。

(閣下も動揺しているようね。……というか、触れてしまったのは仕方ないにしても、わざわざ揉む必要があったのかしら？)

触れたたけでなく、確実に揉まれた。動揺して手が動いたというより、意図的な動きだったように思えてしまう。

しかし、彼が権力を笠《かさ》に着て女性に手を出したという噂など聞いたことがない。高官であるシモンの嫁になろうと、色仕掛けをした女性も数え切れないほどいたが、彼は鬱陶しがっていた。

また、ネーヴァはその人目を引く容姿から、城内で通りすがりに尻を触られた経験がたくさんあるが、シモンからそうされたことはない。

(閣下は変なことをする人ではないわ。かなり目が悪いみたいだし、自分がなにに触ったのかすら、わからなかったのかもしれない)

胸を揉まれたことについて深く考えるのをやめ、ネーヴァは引き続き資料を探す。

(……それにしても、ここは空気が悪いわね)

城内は常に綺麗だが、なかなか人が来ることのない書庫は別だ。あまり掃除をされていないのだろうか、棚の上には埃が溜まっているし蜘蛛《くも》の巣まである。資料を探すのは苦ではないけれど、衛生的ではないこの場所には長居したくない。

「閣下。めぼしい資料は、このくらいかと思います」

引き抜いた資料を手渡しながらそう言えば、シモンも頷く。

「そうだな。これとこれは持ち帰るとして、こちらの文献は元の場所に戻してくれ」

「はい」

よく見えない彼には文献を元の場所に戻すのも一苦労だろう。ネーヴァがあるべき場所に冊子を差しこもうとしたその時――。

「……っ！」

なにか黒くて丸いものがネーヴァの服の中に落ちてきた。硬い感触が肌をくすぐり全身が怖気《おぞけ》立つ。

よく見えなかったけれど虫なのはわかった。おそらく甲虫の類《たぐ》いだろう。

ネーヴァは咄嗟《とっさ》に文官服を脱ぎ始める。

（無理！　無理、無理っ！）

「な、なにをしている」

慌てたような声が耳に届くが、お構いなしで上衣を脱ぎ捨てた。

「虫です！　わたしは虫が大嫌いなんです。すぐに取ってください！」

下着姿で恥ずかしげもなく彼に向き直る。

ネーヴァは虫がとても苦手で、肌に触れているだけでも嫌だった。胸の膨らみの上でなにかがもぞもぞしている感触に悲鳴を上げたくなる。

「早く！　早く取って！」

硬直しているシモンを急《せ》かす。緊急事態なので敬語が抜けてしまうのは仕方ない。

「わ、わかった」

いくら目が悪くても、白い肌の上にいる黒い虫くらいは判別がつくのだろう。彼は虫を摑むと遠くへと投げてくれた。カツンと乾いた音がして、余計に鳥肌が立つ。

「ありがとうございます」

おぞましい虫が身体から離れたことに安堵《あんど》し、ネーヴァは服を着た。顔を逸《そ》らしながらシモンが溜め息をつく。

「……君には恥じらいというものがないのか」

「分別はあります。もしこの場所が大勢が行き交う廊下なら脱ぎませんでしたが、わたしと閣下しかいない書庫です。閣下お一人に下着姿を見られることより、虫がわたしの肌に接触しているほうが嫌だと判断しました」

「それはつまり、私になら肌を見られても構わないと思ったのか」

「肌といっても下着は脱いでいませんし、裸を見せたわけではないでしょう？　それに、わたしはもうこの年です。結婚していた過去もありますし、非常時に下着姿を見せるくらいはどうでも。しかも閣下は今、眼鏡がないのでよく見えないと思われます。諸々《もろもろ》の事情を考慮して羞恥心と虫への嫌悪を秤《はかり》にかけた結果、最善と思う行動を取ったまでです」

もし自分が十代の乙女だったら話は違っていただろう。いくら虫が嫌でも異性の前で服を脱げず、泣いてしまったかもしれない。

しかし、ここにいるのは二十八歳で離婚歴のある女性だ。生娘でもない。しかも、目の前にいるのは堅物で有名な男性で、その上眼鏡をかけていなかった。

（どうせ閣下はわたしの身体になんて興味ないでしょうから、少しくらい見られても平気だわ。とにかく、虫のほうが嫌だもの）

全身に立った鳥肌はまだ消えない。それくらい虫が嫌なのだ。生態系が崩れようが世界中の虫が絶滅しても構わないとさえ思っている。

「閣下、早く書庫を出ましょう。これ以上、虫のいるこの部屋にいるのは嫌です」

なぜか呆然《ぼうぜん》とした様子で立ち尽くしている彼に声をかけ、ネーヴァはさっさと一人で書庫をあとにする。

（閣下のあの顔……。いくら虫が嫌いだからって、いきなり服を脱いだわたしに呆れてしまったのね）

淑女らしからぬ行為だが、ネーヴァにとっては緊急事態だったので致しかたない。遅れて書庫から出てきたシモンは無言で、先程のことを咎《とが》められることはなかった。


――書庫での些細《ささい》な出来事から一週間。

シモンの新しい眼鏡が無事に届き、精霊省の文官たちがいつものように仕事に勤《いそ》しんでいたある日のこと、ネーヴァは先輩から声をかけられた。

「ネーヴァ。あなたに仕事をお願いしたいのだけど」

彼女はネーヴァより三つ年上で、かなり仕事ができる女性だ。彼女の仕事ぶりは完璧で、シモンに怒られている姿を見たことがない。ネーヴァはとても尊敬している。

「香りの精霊地区が、もうすぐ監査の時期なの。でも私は行けないから、ネーヴァに代わりに行ってほしくて」

そう言いながら、彼女は大きなお腹《なか》を撫でた。……そう、彼女のお腹の中には命が宿っているのだ。二ヶ月後くらいに出産予定と聞いている。

「香りの精霊地区は規模が大きいですよね。そんな場所の監査を任せてもらえるんですか？」

ネーヴァはぱっと表情を輝かせる。

百柱を越える精霊たちの姿は実際に見えないけれど、それぞれが宿るとされる依り代《よしろ》があった。その依り代を大切にすることで精霊を奉るのだ。依り代を管理する地区は精霊地区と呼ばれている。

精霊をないがしろにすると災いが起きる。それを防ぐため、精霊省の文官は定期的に精霊地区を監査する必要があった。

国にとってもこの監査はかなり重要だ。

精霊地区の規模は大なり小なり様々だが、規模が大きければ大きいほど慎重に見極める必要がある。たった今話に上がった香りの精霊地区は大きな規模となっており、監査は必ず熟練《ベテラン》の者が行っていた。

大規模な精霊地区の監査はネーヴァにとっても憧れだ。先輩が行けない状況とはいえ、任せてもらえるのはとても嬉しい。

「ええ。ネーヴァならしっかりしているし、大丈夫でしょう」

「ありがとうございます。頑張ります！」

精霊省で働いて数年になるが、今までやってきた中で一番大きな仕事になるだろう。やる気がこみ上げてきて胸が弾む。

「それで、男性のほうの監査員はどなたになるのでしょう？」

監査は必ず男女で行くことになっている。

封鎖的な精霊地区もあり、掟を持ち出して異性に無体を働く愚か者も残念ながらいた。そういった被害を監査員に訴えるにも、同性だからこそ、もしくは異性だからこそ言いづらいことがある。だからこそ男性と女性が組んで監査に行き、いかなる被害も聞き漏らさない体制にしていた。

精霊の掟は守らなければならないが、そのために過度な犠牲を払ってはならない。精霊をきちんと奉っているのかの調査はもちろん、被害を受けている者を救うのも監査員の重要な役目である。

相棒は誰になるのかと周囲を見渡せば、一人の男性が手を上げた。先日ハンカチのお土産をくれた、旅の精霊を信仰する文官だ。

「香りの精霊地区は遠いだろう？　監査に慣れているだけではなく、旅慣れている人がいいと思うから、僕が行こう」

三ヶ月に一度は旅に出る彼であるが、熟練の文官だった。仕事もできるし、旅慣れている彼が一緒なら安心である。

「心強いです！」

彼が相棒なら頼もしいと思った次の瞬間――。

「待て」

和気あいあいとしていたのに、たった一言で空気が凍りつく。声のしたほうを向けば、上座の大臣席からシモンが腕を組みながらこちらを見ていた。

「閣下……。もしかして、わたしに香りの精霊地区の監査は無理だと思われるのですか？」

いくら同僚がネーヴァを推してくれても、大臣である彼の承認がなければ監査に行けない。自分では一生懸命仕事に励んできたつもりだが、シモンにしてみればまだまだなのだろう。

そう考えてくやしくなったが、シモンは首を横に振る。

「君が監査に行くことに異論はない。君の仕事ぶりは評価しているし、今後のことを考えればいい経験になるだろう」

「えっ」

仕事に厳しい彼に「評価している」と言われて、喜ぶよりも先にびっくりしてしまう。こんなふうに褒められたのは初めてだ。

しかし、さらなる驚きがネーヴァに降りかかってくる。

「香りの精霊地区は去年代表が代わったばかりで、依り代の管理に問題がないか気になっている。君にとってもこの規模の監査は初めてだろうし、私が同行しよう」

「か、閣下が……！」

大臣たちの中でもシモンは行動派だ。気になることがあれば彼自ら現地に飛ぶし、監査に赴くことも珍しくはない。大規模な監査が初めてのネーヴァに同行するのはもっともだし、精霊地区の代表が新しくなったのなら尚更《なおさら》だ。

とはいえ、彼と一緒に監査に行くのは緊張してしまう。ネーヴァの表情が凍りつくと、シモンが再び声をかけてきた。

「なにか問題でもあるのか？」

「い、いえ。ありません。拝承しました」

ネーヴァが答えると、最初に同行する予定だった男性文官も頷く。誰もなにも言わなかったが、シモンと一緒に監査だなんて可哀想だといわんばかりの眼差《まなざ》しが向けられていた。

それからは、通常業務に監査の準備が加わりとても忙しかった。皆が帰ったあとに、シモンと二人で打ち合わせをすることも増える。

今日も今日とて、他に誰もいない執務室で監査についての話し合いだ。

(精霊地区の規模が大きくなるだけで、監査もこんなに大変になるのね)

積み上がった書類を眺めてネーヴァは溜め息をついた。

「どうした？　怖《お》じ気《け》づいたか？」

顔色ひとつ変えずに大量の書類を捌《さば》いているシモンが話しかけてくる。その言葉には「これぐらいで溜め息をつくなんて」と嫌味が含まれているように感じた。監査のために残業までして仕事を頑張っているのに、そんな言い草はないだろうと微《かす》かな苛立ちを覚える。

「いいえ、この規模の監査を任せてもらえるのは嬉しいです。やる気に満ち溢《あふ》れていますよ……が、今日はもう遅いので帰りませんか？」

ちょうどきりのいいところまで打ち合わせをした。残りは明日でも大丈夫そうな気がする。

しかし、シモンは難色を示した。

「いや、こちらの件も本日中に片付けるつもりだ」

「えっ……。これは一時間はかかりますよ？　今からやるんですか？　明日にしません？」

監査に深く関わる内容なので、当然ネーヴァも一緒に取りかからなければならない。すぐに終わる仕事ではないので、ぜひとも明日に回したかった。

「できる仕事は前もって片付けておく主義だ。帰りは暗いし、君の寮まで送っていくから安心したまえ」

「……わかりました」

仕事の鬼といえども、夜に女性を一人で歩かせるような男ではない。その気遣いは嬉しいが、どうせなら疲れている状態で取りかかるような内容の仕事ではないと気付いてほしかった。

ともあれ、上司のシモンがやると決めたのだから従うしかない。ネーヴァは諦めて書類の束に手を伸ばす。

(帰るのが本当に遅くなりそう……)

監査まではまだ時間があるので、これから無理してやるような内容でもない。明日どころか、三日後に取りかかってもいい内容だ。それを今すぐやるという彼に、なにか言いたくなってしまう。

「こんな時間なのにこの仕事を今すぐやるだなんて、閣下はどれだけわたしと一緒にいたいのですか？　閣下はわたしのことが本当に大好きですよね」

いつも、彼が暴走しているのを止める時の軽口だ。不機嫌になるのは目に見えているが、このくらい言わせてもらっても構わないだろう。

ネーヴァは口角を上げてシモンを見つめる。いつもなら彼の眉間に深い皺が刻まれるのだが――。

「どうやら、そのようだな」

驚いたことに、彼はさらりと肯定してみせた。ネーヴァは呆気にとられてなにも言えなくなってしまう。

意趣返しに動揺して手が止まってしまうと、「どうした、手を動かせ」とシモンに指摘された。ネーヴァは混乱しながらも仕事に取りかかる。

(なに、今の？　ああいう冗談を返すような人じゃなかったのに！)

いつもネーヴァにからかわれているから、仕返しのつもりだろうか？

確かに、今のはかなり効いた。からかったネーヴァのほうが明らかに動揺している。

(く、くやしい……！)

少しでも彼の頬が赤くなっていたり、声が上擦ったりしていたなら、本音かもしれないと思っただろう。

しかし、彼は表情ひとつ動かさず、仕事に関する受け答えと変わらない様子で答えた。抑揚もなく、淡々とした彼の言葉には心がまったくこもっていない。単純にやり返されたのだ。

これ以上彼と一緒にいたくないと思ったネーヴァは仕事に集中し、早く終わらせる。その結果、予想よりも前の時間に帰れることになったが、もちろんシモンに寮まで送ってもらった。

その翌日もシモンと二人で残業である。監査が終わるまでこの忙しさは続くだろう。

「閣下、こちらの書類を確認お願いします」

「ああ」

書類を手渡そうとすると、彼の長い指先がネーヴァの手に触れた。このくらいの接触なら仕事中によくある。

しかし、ネーヴァは軽口を叩《たた》いてみることにした。

「あら、閣下。わたしを好きすぎてわたしの手に触れたくなりましたか？」

「……」

書類に目を落としていたシモンがゆっくりと顔を上げる。

(どうせ、昨日のことは気まぐれよね。きっと、仕事中にくだらないことを言うなと怒られるか、不機嫌になるはず)

あんなふうに返されると調子が狂う。

昨日のことが、どうしても心の奥に引っかかっていた。忘れたいので、思いきって言ってみる。いつものように機嫌を損ねてほしかった。

期待をこめた目でシモンを見ていると、なにを思ったのか彼は手を伸ばしてネーヴァの手を握ってくる。

「へ？」

「そうだな。好きすぎて触れたかった。こんなふうにな」

「……っ！」

ぎゅっと一瞬強く握られたあと、彼の手が離れていく。

相変わらず、彼の顔は真顔だった。綺麗なだけの顔からはなんの感情も読み取れない。

それなのに、ネーヴァのほうが赤くなってしまう。

「な、な……！」

「いつまでそこに突っ立っている。私が確認しなければならない書類はまだあるだろう。仕事に戻れ」

甘い言葉と変わらない様子で彼は伝えてくる。やはり、ネーヴァが彼に叩く軽口と同様に心がこもっていない言葉なのだろう。

(こんな……こんなふうに冗談を躱《かわ》すようになるなんて！)

なにも言い返せず、大人しく席に戻る。

ネーヴァの知るかぎり、シモン・ジフォードという男は真面目《まじめ》すぎて、冗談を言うような男ではなかった。むしろ、軽口を嫌っていたようにも思える。

それなのに急にこんなことを言うようになるとは、どういう心境の変化だろうか？

（誰かが閣下に入れ知恵をしたのかしら？）

ネーヴァがわざと「閣下はわたしを好きだから」と軽口を叩くのは、精霊省の文官はもちろん、よく執務室にくる他省の文官も知っていた。

説教で暴走する彼を窘《たしな》めるため、ネーヴァは道化を演じている。

それは周知の事実だが、下っ端の女性が大臣にそういう言葉を投げかけていることを気に食わない者がいたのだろう。「そういうことを言われたら、こう言い返す」という助言を受け、真面目な彼はその通りに実行しているのかもしれない。あのシモンが従うのだから、彼より年上の大臣が助言したと推測できる。

（閣下に余計なことを言ったのは誰なのよ）

ネーヴァにしてみれば、偉そうにしているシモンが自分の言葉で押し黙ってしまう様子には密《ひそ》かに優越感を覚えていた。ふてくされた顔もかわいいとさえ思ったほどである。だから、どれだけ彼が怒って周囲を怖がらせても、自分の言葉でなんとかなると軽く考えていた。

だが、どうやら彼は上手な躱しかたを覚えてしまった。今後、彼が怒った際にネーヴァが軽口を叩いても効果がないかもしれない。

（あのお説教、閣下の正論はもっともだけど、職場の空気がすごく悪くなるのよね……）

間違いを指摘するのは必要だが、怒鳴ったり睨んだりする必要性はない。怒らずに指導してくれればいいのに、仕事熱心すぎるあまり、どうしても感情が昂ってしまうようだ。

(まあ、閣下を怒らせるような間違いを犯さなければいいだけの話なのだけど)

最近は新人の不手際がとても多い。かなりの頻度で怒られている。

どうか新人が失敗しませんようにと心の底で願った。

だが、注意力の散漫な彼が急に仕事ができるようになるはずもなく、翌日――。

「貴様は一体なにを考えているんだ！」

シモンの怒声が真昼の執務室に響き渡る。

案の定、新人が怒られていた。今日は天気もよく、部屋の中は明るいのに空気が暗い。

「この内容では民が困るだろうが！　我々の給金は民の税金から出ている。民のことを考えれば、こんな書類を作ろうとは思わないはずだ」

聞こえてくる内容から推測するに、新人が怒られている内容は、絶対にしてはならない間違いだった。うっかりでもそんな仕事をしてしまえば、大勢の国民に迷惑がかかる。

シモンの叱責はもっともで、彼の言葉は紛《まが》うことなき正論だった。精霊省の文官たちも、怒られるのは仕方ないといった様子で新人をちらちら見ている。

――しかし、いつまで経《た》ってもシモンの怒声はやまない。喉が強靭《きょうじん》なのか、あんなに怒鳴り続けても声が嗄《か》れる様子はなかった。

十分ほど経つと、同僚たちがちらちらとネーヴァに視線を送ってくる。

普段通りなら、とっくにネーヴァがシモンに声をかけてお説教が終わっている頃だ。どうしてなにも言わないのかと同僚たちの目が物語っている。

(う……。やっぱり、わたしが閣下を止めるしかないわよね)

あの新人は十分怒られた。過度の叱責は不要である。

わかっていても、昨日と一昨日《おととい》の夜のことが脳裏をよぎり、なかなか口を出せずにいたのだ。がみがみと怒声を上げ続けるシモンを見る。

(でも、閣下だってさすがに皆の前では言い返してこないかも)

彼が意趣返しをしてきたのは二人きりの時だった。彼の矜持《きょうじ》は高いし、たとえ冗談でもこんなに人がいる前でネーヴァを好きだと認めないはずだ。

そう考えて、ネーヴァは声を上げる。

「閣下！　わたしのことを大好きだからって、はりきりすぎですよ。閣下が魅力的なのは知ってますから」

冗談めいた、大げさな口調だ。シモンは言葉を止めネーヴァを見つめてくる。

いつもなら、ここで彼が眉間に皺を刻みながら溜め息をつき、不機嫌になって終わるのだが——。

「君を好きという気持ちと仕事は別問題だ。……が、そろそろ大臣会議の時間だな。貴様は下がれ」

シモンは会議に必要なものを持つと、颯爽《さっそう》と部屋を出ていく。

顔色を失った新人はよろよろとした足取りで自分の席に戻った。説教から解放されたことが頭を占めているので、シモンがなにを言ったのかよくわかっていないのだろう。

しかし、今の台詞《せりふ》をばっちり聞いていた同僚たちがざわつく。

「おい、聞いたか今の？」

「ああ。閣下がネーヴァを好きだって？」

昨日のネーヴァのように明らかに動揺している。

「ネーヴァ。今のってまさか……」

同僚が声をかけてきた。注目が集まる。

「……閣下は冗談の躱しかたを覚えたみたいなの。きっと、年下の小娘にからかわれているのを見かねたどこかの大臣が閣下に教えたのよ」

もう二十八歳なので自分を小娘と称するのは憚《はばか》られるが、四十歳のシモンからしてみればまだ若いだろう。ネーヴァが肩を竦《すく》めながら言えば、同僚たちも納得の表情を浮かべる。

「大臣たちはくせ者揃《ぞろ》いだからな。なるほど」

「閣下はくそ真面目だから年配の大臣から気に入られてるもんなー。女嫌いの大臣もいるし、誰かに助言されたんだな」

「でも、閣下もああいう冗談をおっしゃるのね。真面目すぎる人だから、助言そのままを口にしたのかしら？　好きって言う割には全然そんな顔をしていなかったもの」

どうやらシモンの様子が平常通りすぎて、好きだという台詞に驚きはしたものの、誰も真に受けていないようだ。からかわれるのも嫌なのでネーヴァはほっとする。

「ねえ。仕事についてちょっと話そうか」

「怒られないように仕事するんじゃなくて、国と民のことを考えて仕事するんだよ」

意気消沈している新人の元に数名が集まっていく。失敗続きの状況をよく思っていないのだろう。

ネーヴァは通常業務と監査の準備に励む。今日は残業にならないように仕事を片付けたつもりだが、シモンに手伝いを命じられて結局遅くまで二人きりで残ることになってしまった。

第二章　初恋に気付いた四十路

——とうとう監査の日がやってきた。

監査といっても、職場のある王都から香りの精霊地区までは馬車で三日はかかる。

文官はシモンとネーヴァの二人だけだが、護衛として三名の騎士が同行していた。一番下っ端の騎士が御者を務め、他二名は馬に乗って馬車の前と後ろを警護している。

つまり、馬車の中は二人きりだった。シモンは仕事以外のことを話すような男ではないので、沈黙に包まれている。車輪が土の上を走るじゃりっとした音だけが静かに響いていた。

(気まずい……)

ネーヴァはどちらかといえば社交的なほうだ。異性と二人きりでも、それなりに話せる。

しかし、相手は堅物で有名なシモンだ。彼と仕事以外の話をするなんて想像もつかず、世間話すらできない。

暇な移動時間も会話をしていればあっという間なのに、黙っているととても長く感じる。

ネーヴァは小窓から外の景色を眺めていたが、王都を出て舗装されていない道を通るようになると、馬車の揺れが酷《ひど》くなった。時折、がくんと大きく車体が上下する。

　大臣が乗るので馬車はかなりいいものだ。車輪がしっかりしているのはもちろんのこと、座席は革張りのソファになっているし車内も広い。

　それでも、王都を出てからわずか一時間でネーヴァのお尻が痛くなってしまった。

(昔は平気だったのに！)

　かつて離婚し、王都に出てきた時は馬車に長い時間乗っていたが、つらくは感じなかった。その頃はまだ若かったからだろうか？

　重心を傾けながらもぞもぞとしていると、シモンが声をかけてくる。

「尻が痛いのか？」

　あまりにも直球すぎる言い草だ。座り心地が悪いのかとか、腰が痛いのかとか、もう少し別の表現があると思う。女性に対して尻という単語を使うのは遠慮がなさすぎる。

「目障りですね。大変失礼いたしました」

　対面に座っているネーヴァが右に左に身体を傾けだしたので気分を害したのだろう。そう考えて痛みを我慢しようとすれば、シモンが腰を浮かす。

　彼はしっかりと分厚いクッションを用意していた。遠い地方へ監査に行くので、長時間座っていると臀部《でんぶ》が痛くなることを知っていたのだろう。

　自分が使っていたクッションを取るとネーヴァに手渡してくる。

「使え」

「えっ……」

差し出されたクッションはとても柔らかそうで、座ったら痛みは軽減しそうだ。しかし、素直に受け取ったら今度はシモンがつらいのではないだろうか？

若々しく見えても、彼はもう四十歳だ。素直には受け取れず、ネーヴァは首を横に振る。

「いいえ、大丈夫です。閣下がお使いください」

「大丈夫そうに見えないから言っている。いいから使え」

クッションをさらにぐいっと突き出され、反射的に受け取ってしまった。シモンは腕を組んでしまい、返しても受け取ってくれそうにない。

「……ありがとうございます」

ネーヴァは素直に好意を受け取ることにした。さっそくクッションを敷いて座ると、臀部をとても柔らかく包みこんでくれる。先程までの痛みは感じない。

無駄を好まないシモンがわざわざ荷物を増やしてまで持ってくる逸品だ。かなりいいものだろう。

「柔らかい……！」

感激のあまり言葉を漏らすと、ふっとシモンが口角を上げる。

「……！」

彼の笑ったところなど、ろくに見たことがない。だから、いつもの彼からは想像もできないような表情にネーヴァは目を瞠った。

じっとシモンを見ていると、またいつもの仏頂面に戻る。それでも、先程の顔が忘れられない。

お尻の痛みはなくなったのに落ち着かない気持ちでいると、いつの間にか馬車は途中の滞在地となる都市に到着していた。今日はここに泊まる。

仕事の鬼であるシモンは宿に荷を下ろすなりすぐに出ていってしまった。この都市にも精霊地区があるようで、抜き打ちで視察をするらしい。立ち寄る都市に関わる仕事を持ってくるなんて、さすがだと思う。

本来ならネーヴァも勉強のためについていくべきだろう。

しかし、シモンにこう言われたのだ。

「香りの精霊地区に到着したら、すぐに監査を始める。慣れない長旅で疲れているだろうから、今のうちに身体を休めておけ」

今回の一番の目的は監査だ。そこで疲れて集中できなかったら話にならないし、シモンの言うことはもっともである。いつもなら、足手まといにならないためにそう言われたと思っただろう。

それなのに、なんだか優しくされたと勘違いしてしまいそうになる。

（あの閣下がわたしに優しくするなんて、思い上がりもいいところだわ。監査を円滑に進めるために休むのも仕事ということよ。それくらい、わかっているけれど……）

馬車の中で彼が貸してくれたクッション。おかげで快適に過ごせたけれど、シモンはそのぶん座り心地が悪くなったはずだ。馬車で座り続けることが平気な体質だったら、そもそもクッションを持ってこないと思う。

道中、シモンはつらそうな素振りを見せることはなかった。時折、長い脚を組み替えるだけである。

クッションを貸してくれたことに加え、最近はネーヴァを好きだと嘯《うそぶ》いているから、このままでは誤解しそうだ。

（クッションを貸してくれたのは、わたしが明後日《あさって》の監査をちゃんとできるようにするため。わたしを好きと言うのだって、ただの意趣返しのはずなのに……）

今までの仕返しといわんばかりに、彼に翻弄《ほんろう》されてしまう。

ベッドの上でごろごろしながらシモンのことばかり考えてしまうと、部屋の扉がノックされた。

「はい、どちら様ですか？」

監査一行は同じ宿に泊まっているが、女性であるネーヴァはもちろん一人部屋である。防犯のためにしっかり内鍵を閉めていた。ノックされたからといって、相手を確かめずに開けることはない。

「シモン・ジフォードだ」

扉の向こう側から聞こえてきたのは、先程までネーヴァを悩ませていた上司の声だ。この声は絶対に間違えるはずもない。ベッドからがばりと置き上がる。

「か、閣下？　今すぐに開けます」

慌てて扉を開ければ、包みを抱えたシモンが立っていた。

「なんでしょう？　監査の打ち合わせですか？」

「それはもう出発前に済ませただろう。……これを」

包みを差し出されたので受け取ると、大きさの割には軽い。

「これはなんですか？　監査で使うものでしょうか」

わざわざ部屋を訪ねてきて渡すのだから、監査で必要になるものだろう。

書類にしては綿のように軽すぎると思いつつ包みを開けると、そこには淡い桃色のクッションが入っていた。金糸で見事な刺繍《ししゆう》が施されており、クッションといえど高価なものだとすぐにわかる。

「これは……！」

「先程、店で買った。明日からはこれを使うといい」

「……！　ありがとうございます！　お金を払います！」

　ネーヴァが財布を取りに行こうとすれば、腕を摑まれて阻まれる。

「私が勝手に買ったものだ。金などいらん」

「でも、そういうわけにはは。いいお値段がしそうですし、わたしがこれを受け取る理由はありません」

「君の信仰する精霊には、異性からの贈り物を受け取るなという掟はないはずだが？」

「お、贈り物……」

　どちらかというと支給品という印象だったので、贈り物と言われて驚いてしまう。

「クッションひとつで女性からお金を回収しようとは思わん。そもそも、これが指輪なら受け取るのに抵抗があるだろうが、たかがクッションくらい問題ないだろう。黙って受け取れ」

　長身で美形の男にすごまれると、なにも言い返せなくなってしまう。

　クッションを返そうが、お金を出そうが、彼はきっと受け取らないだろう。ネーヴァはありがたく頂戴することにする。

「ありがとうございます、閣下。……こちら、閣下が選んだのですか？　とってもかわいらしい色ですね」

　淡い桃色はかわいらしい少女が好む色だ。堅物な彼のことだから、どうせ「女性が使うなら桃色だろう」という固定観念でこれを選んだのだろう。

そう考えたけれど、シモンははっきりと言い切る。

「君にはその色が似合うと思った」

「え？　わたしに桃色が？」

思わずクッションを見つめる。

ネーヴァの持ち物で桃色のものはない。仕事で使っている文具の色は濃いものばかりで、大体が青色である。人から贈り物をされる時も桃色を選ばれた経験はない。

「その……嬉しいですが、わたしにこの色はかわいすぎます。もう二十八ですし」

「なにを言う。私から見れば君は十分かわいらしい」

「なっ……！」

なにかの聞き間違いだろうか？

そう思って彼の言葉を脳内で反芻《はんすう》してみるが、間違いなく「かわいらしい」と口にしていた。

「か、かわいらしい？　わたしが……？」

はっきりとした顔立ちなので美人と言われることはあれど、かわいいとは言われない。服を試着してみても、似合うのは淡い色より濃い色だ。

（かわいいだなんて、ただの社交辞令のはずなのに……）

そう思いながらも、年甲斐《としがい》もなく耳まで赤くなる。シモンはいつものように真顔かと思ったが、その眼差しがどこか優しげな気がした。

「夕食は部屋に運んでくれるようだ。では、ゆっくり休め」

彼はそう言うと、踵を返して自分の部屋へと戻っていく。

「……っ」

呆然としながらも、旅先でいつまでも扉を開けたままでいるのは危険なので、ネーヴァはすぐに閉めた。そして、桃色のクッションを抱きしめる。

(閣下は一体どうしてしまったの？)

胸がざわついて、わけがわからなくなる。

ネーヴァの知るかぎり、シモンはお世辞を言う男ではなかった。

最近は意趣返しとしてネーヴァの軽口に言い返すようになったけれど、この状況でわざわざ「かわいい」だなんて社交辞令を言う必要はなかったように思える。

どくん、どくんと胸の鼓動が高鳴る。こんなふうに感情がかき乱されるなんて、実に何年ぶりだろうか？

(しかも、明日もずっと馬車の中で二人きり？)

シモンとの時間はただ気まずいだけだと思っていたのに、それとは別の感情がこみ上げてきそうになる。

ただ、その感情の種類を自分でも把握できず、ネーヴァは戸惑いながら桃色のクッションをぎゅっと抱きしめていた。

――翌日。シモンたち一行は朝早くに宿を出た。ネーヴァは気持ちの整理がつかないまま、馬車の中で彼と向かい合う。

桃色のクッションはとても柔らかく、これなら長時間座っていても痛くならなそうだ。

「……閣下、こちらのクッションですが助かります。本当にありがとうございました」

彼からもらったものを使っておいてなにも言わないわけにはいかず、改めてお礼を伝える。

「それはよかった。……ふむ。やはり、君にその色は似合うな」

「んっ」

ネーヴァは思わず咳《せ》きこむ。身につけているならともかく、尻の下に敷いたものに対して似合うと言われてもおかしい気がするが、それでも心が乱れた。

(このままの調子で監査が始まったら、気が散ってしまいそうな気がするわ。……こうなったら、閣下にどういう心境の変化があったのか聞いておくべきよね。きっと、そのほうが胸がすっきりする)

ネーヴァはその容姿から、男性から褒めそやされることはよくあった。今となっては苦い思い出だが、元夫からも甘い言葉をたくさん贈られている。

だからお世辞には慣れているし、なにを言われたところで動揺することはなかった。それなのに、なぜかシモンの言葉はネーヴァの胸を騒がせる。

彼は真面目すぎる男だ。年嵩《としかさ》の大臣たちから「もう少し女性を喜ばせることを言ったらどうだ」と指摘されたのではないだろうか？

なにを言われても、そこに心がこもっていないとわかれば軽く聞き流せる。

ネーヴァは思いきって聞いてみることにした。

「閣下。ひとつお訊ねしたいのですが、なぜ最近わたしに対して変なことをおっしゃるのです？」

「変なことだと？　それはどういう意味だ？」

シモンは小首を傾《かし》げる。

「今もかわいいとおっしゃったではないですか。あと、前もわたしのことを好きだとか……」

「自分の気持ちを正直に伝えたまでだが」

「はっ？」

予想外の返答に硬直してしまった。言葉を失ったネーヴァに対し、彼は続けて伝えてくる。

「正直なところ、君のことは仕事はできるが、困るような口をきく部下だと思っていた。もっとも、その言葉を引き出している原因は私だという自覚はある。君が軽口を叩くのは、決まって私の説教が長い時だからな」

眼鏡の奥で、深紅の瞳がまっすぐにネーヴァを見つめてくる。

「君に『わたしが好きだからって』と言われるたびに、もやもやとした言葉に表しがたい感情が胸に渦巻いた。私はそれを不快感からくる苛立ちだと決めつけていたが、どうやら違うようでな。先日、書庫でそのことに気付いた」

「書庫って、閣下の眼鏡が壊れていた時のことですか？」

そう訊ねると彼が頷く。

「あの日、資料を受け取ろうと手を伸ばして、間違えて君の胸に触れてしまった。すぐにでも手を離さねばならなかったのに、あの時の私はなぜか揉んでしまったのだ」

「……あれ、やっぱり揉んだんですか」

「自分でも、なぜそうしてしまったのかわからない。ただ、視界が悪かったので、自分が触れた柔らかなものがなんだったのか確かめるために勝手に手が動いたのだろうと考えた。だが、問題はそのあとだ」

シモンがふうっと長く息を吐く。

「虫が入ってきたとかで、君は突然服を脱いだ。眼鏡がないせいで鮮明には見えなかったが、君が下着姿であるのはわかるし、胸の谷間もかろうじてわかる。あの瞬間、私は勃起した」

「は？　……へ？　ぼっ……ええっ？」

シモンの口からおおよそ出てこないだろう単語にネーヴァはますます混乱する。すると、彼は中指で眼鏡をくいっと上げながら律儀に説明してくれた。

「勃起とは男性特有の生理現象であり、性器に血液が集まって硬く勃ち上がることだ」

「い、いえ、単語の意味は知ってます。今のは閣下がそうなったことに驚いたのです」

「ああ、私も実に驚いた。なにせ、女性に興奮して勃起したのは生まれて初めてのことだからな」

「えっ」

とんでもない秘密を暴露され、ネーヴァは間の抜けた声を上げてしまう。

「男としての機能は不全ではない。朝起きた時や刺激を与えた時には正常に勃起する。ただし、女性の裸を見ただけで……つまり、精神的に興奮して勃起した経験は一度もなかった。今まで私の妻になろうと既成事実を作るために裸で迫ってきた女性は数え切れないほどいたが、裸を見たくらいでは興奮も勃起もしない。それなのに……」

びしっと、長い指がネーヴァをさしてくる。

「視界も明瞭でないのに、君が私の目の前で下着姿になったという事実に勃起した。その時、私は気付いたのだ。勃起するほど興奮したのは、私が君に懸想しているからだと」

「う、嘘《うそ》……」

「思い返せば、君は私が怒るたびに『わたしのことが好きだからって』と言ってきたではないか。自分でも気付かないうちに、本当にそうなってしまったようだ」

「それってわたしに洗脳されてませんか？　閣下は本当に心の底からわたしを好きというわけではないですよね？　言われすぎてその気になってしまっただけで、勘違いでは？」

言われ続けたことで好きになったのなら、それは恋とは違う気がする。

――それでも、今のシモンがネーヴァを見つめる眼差しには熱いものがこめられていた。

視線が交わるとどきどきする。

「勘違いから始まったにしても、私が君を思うこの心は本物だ。あの日から君のことが頭から離れず、眠りにつく前など、寝所で君のことばかり考えている。君の言葉が耳から離れない。この気持ちは恋ではないのか？　君を思うと胸の鼓動が速まるのは、好きだからではないのか？」

「そ、それは……」

「はっきり言うが、私は今まで恋をしたことがない。誰かを好きなった経験がないが書物で調べ、この感情は恋に分類されると結論づけた。……なにせ、君を好きだと自覚してから、私は思った以上に君のことを見ていたと気付いたのだ。自覚がないうちから君を気にかけていたらしい」

「わたしのことを？」

ざっと記憶をたどってみても、そんな素振りは思い浮かばなかった。ネーヴァは鈍くはないし、それなりに異性にもててきたから自分に向けられる感情にも聡《さと》い。

それでも、シモンが自分に好意を寄せていると感じたことは一度たりともないのだ。

「君が精霊省に配属された日のことや、男性文官に言い寄られて上手に断っていたこと。そしてこの前、土産のハンカチを配られただろう？　青いハンカチを選んだ君は、他の女性が桃色のハンカチを受け取っているのを見て少し羨ましそうにしていた。私の記憶力はいいほうだが、君に関することはとりわけ鮮明に覚えていて、自分でも驚いたくらいだ」

「……え？」

つい最近のことなので、よく覚えている。あの書庫の事件よりも前の出来事だ。

しかし、桃色のハンカチをもらう女性を羨ましいと思っていたわけではない。確かに桃色は好きだけれど、それでも――。

「もしかして、それで閣下はこの色のクッションを買ってきてくれたのですか？」

「選ぶ時にあの日のことが脳裏をよぎったのは確かだ。だが、私の抱くこの感情が恋だと気付いた日から、私の目には君がとてもかわいらしく見える。君の周りがきらめいて、輝きだして……淡い桃色がとても似合うと思って、それを選んだ」

「……っ」

じんと、胸が熱くなる。

綺麗、美しい人――そういう褒め言葉は聞いてきたけれど、そのどんな言葉よりも桃色が似合うという言葉が心に染み渡ってくる。

（閣下にはわたしがそう見えてるの……？）

もう二十八歳なのに、かわいいと言われたことがどうしようもなく嬉しい。ネーヴァの瞳が大きく揺れる。

馬車の中の空気が甘くなりかけた瞬間、怜悧《れいり》な声が耳を打った。

「私は君を好きだ。君を娶《めと》りたいし、君の二人目の夫になりたいとも思っている。とはいえ、今すぐというわけではない。まず、これから君にとっては初めてとなる大規模な監査が控えている。色恋にうつつを抜かしている場合ではないだろう」

「そ、その通りです」

ネーヴァは背筋を伸ばす。監査のためにあれだけ時間をかけて準備してきたのだ。余計なことを気にせず集中すべきである。

「急くのは悪手。監査が終わってからゆっくりと君を口説き落とそう」

「え」

場が引き締まったかと思いきや、またもやとんでもないことを言われる。

ネーヴァのほうが恋愛経験があるはずなのに、堅物のシモンにすっかり翻弄されていた。

先程から感情が激しく揺さぶられて、自分でもわけがわからない。

「それはそれとして、口説くにしても君は私のことを噂話程度にしか知らないだろう。移動時間はたくさんあることだし、私のことを知ってもらうことにする」

「閣下のことを知るって……？」

確かにシモンのことは仕事人間としか知らないし、仕事以外の話をした記憶もほとんどない。彼が一体なにを語るのかと期待してみれば――。

「今から四十年前、王都から西に離れたジフォード侯爵領で私は生まれた」

まさかの生い立ちだった。彼は淡々と、四十年にわたる人生を語りだす。「あの閣下にそんな過去が？」と言いたくなるような面白い逸話などもなく、ただシモンのことに詳しくなって、その日は終わった。


移動二日目に滞在するのもそれなりの大きさの都市である。シモンはまたもや仕事に向かい、ネーヴァは部屋で休んでいた。

ただ座っているだけなのに、妙に疲れる。ぐっと手足を伸ばしながらほぐしていると、昨日のように扉がノックされた。

「シモン・ジフォードだ」

彼は律儀にフルネームで名乗る。慌てて扉を開ければ、シモンは昨日のように包み紙をネーヴァに渡してきた。ただし、今日のは掌に乗るくらいに小さい。

「これはなんでしょう？」

「開けてみるがいい」

包みを開くと、中から長方形の巾着が出てきた。生地の色はこれまた桃色だ。

「承認印を入れる袋だ。明日の監査では何度も印を押すことになるだろう。使うといい」

「え……」

確かに印鑑を入れるのにちょうどいい大きさだ。ネーヴァの使っている事務用品は地味な色が多く、明るい桃色なら目立ちそうである。

しかし、印鑑入れはしっかり持参していた。まだぼろぼろでもないし、十分使える品である。

昨日のクッションは長旅に必要な品となるのでありがたかったけれど、この印鑑入れをわざわざ贈られるような理由は思い当たらなかった。

ネーヴァは素直に訊ねてみる。

「印鑑入れは持っています。なぜ、これをわたしにくれるのですか？」

「仕事を終えて宿に戻ってくる途中、女性が好きそうな小物屋の前を通ったのだが、ふと昨日クッションを渡した時のことを思い出してな。君の喜ぶ顔がもう一度見たいと思い、気がつけば買っていた。君の趣味嗜好《しこう》がわからないから、実用的なものを選んだつもりだ」

「……っ」

ネーヴァは瞳を瞬かせる。

（わたしを喜ばせたいからって、わざわざこれを……）

男性が女性にプレゼントをするのは下心があるからだ。意中の女性と懇意になるため、点数を稼ごうと贈り物をする。

しかし、彼はネーヴァの喜ぶ顔が見たかったとのこと。同じ職場でシモンの人となりを見てきたからこそ、それは嘘ではないとわかった。

そもそも彼は監査が終わってから口説くと言っていたのだ。

ネーヴァに自分を気に入ってほしいのではなく、ただ喜ばせたい。その思いで選んだのがネーヴァが仕事で使う品物だった。しかも桃色。

純粋な好意を感じて胸の奥がくすぐったくなる。

(慣れているはずなのに……)

離婚経験があるとはいえ、貴族階級であるネーヴァはそれなりにもてていた。とはいえ、結婚には懲りたから再婚するつもりはない。異性から向けられる思いも軽く受け流していた。

それなのに、なぜかシモンの気持ちだけは上手く躱せない。一緒に働いたこの数年で彼が嘘をつかない男だとわかっているからこそ、まっすぐな恋情に胸を貫かれてしまう。

「しかし、旅先だと羽目を外すというのは、よく言ったものだな。先程改めて思いを伝えたからか、少々浮かれているようだ」

ふと、シモンが苦笑した。ほんの少しだけ下がった眦《まなじり》に、ゆるく持ち上がった口角。困ったような、満更でもないような優しげな笑顔は、今まで見たことがない表情だ。

まるで、彼がどんどん自分の心の中に侵入してくるみたいに感じる。

「……っ！」

ネーヴァはなにも言えなくなってしまった。すると、彼がいつもの表情に戻る。

「では、これで失礼する」

くるりと踵を返そうとしたシモンの背中に慌てて声をかけた。

「あの、ありがとうございます。大切に使わせていただきます」

「……ああ」

少しだけ顔を振り向かせて彼が答える。笑ってもいない普通の顔だ。

先程の笑った顔がもう一度見たかったのだと残念に感じた瞬間、ネーヴァは気付く。

(それって……閣下がわたしの喜ぶ顔を見たかったのと同じことじゃないの)

そう。ネーヴァもまた、彼の特別な表情を見たいと思ってしまったし、見られなかったことを残念だと感じてしまった。

それではまるで、シモンのことを――。

(……っ！　気のせい！　珍しい表情だったから、また見たいと思っただけよ。わたしは結婚で失敗してるもの……もう、男はこりごりだわ)

ネーヴァは脳裏を横切った考えを打ち消すかのように、思いきり扉を閉める。

十年近く前のこと、結婚式を挙げた日は人生の中で一番幸せだった。両親や友人から惜しみなく祝福され、顔のいい夫と二人で永遠の愛を誓いあった。

――それなのに、あんなに自分を愛してくれた夫は浮気をし、ネーヴァは涙で枕を濡らした。

あの惨めな夜の記憶が頭に染みついている。

離婚しても実家に頼らず生きていけるよう、必死に勉強して国試に合格し文官になった。

その時、もうあんな経験はしたくないと――恋愛も、結婚ももうしたくないと思った。

結婚なんて、一度すれば十分だろう。両親も深く傷つきながら離婚したネーヴァに再婚を勧めることはなかった。

夫の浮気にひたすら耐えていた夜はむなしかったけれど、ネーヴァは今の境遇を惨めだとは感じない。文官という立派な職に就いて暮らしている。仕事に厳しい上官からも、大きな監査に参加することを許してもらえた。

自分で稼いだお金で好きなものを買い、食べたいものを食べ、休日は自由に時間を使える。夫のためではなく、自分のためにお洒落《しゃれ》ができる。この生活は間違いなく素晴らしい。

それでも――。

「……っ」

じわり、じわりと心が侵されていく。本来ならば気持ちいいはずのそれを、どうしても認められない。

「あの閣下に優しくされたから、意外性でぐらっとしちゃっただけ。わたしはもう恋なんて……」

自分に言い聞かせるように呟く。それでも、手の中にある桃色の巾着がとても鮮やかに見えて胸の奥が苦しくなった。

王都を出発してから三日目。今日はようやく目的の精霊地区に着く。

馬車の中でシモンは生い立ちを語り始めることもなく、ただ静かに腕を組んで座っていた。会話をしていないのに、至近距離にいる彼の存在を強く感じてしまう。

とはいえ、ネーヴァにとっては初めての大規模な監査だ。やる気と緊張が入り交じり、目的地に近づくにつれそわそわと落ち着かなくなってくる。

準備も万端だし、やるべきことも頭に入っている。万が一、なにかを間違えたとしても目の前にいる怖い上司が指摘してくれるだろうし、仕事という面ではシモンは頼りになる男だ。想定外の問題が発生したら相談できるのは心強い。

「……すぅ、はぁ――」

速まる鼓動を落ち着かせようと、小さく深呼吸をする。すると、それに気付いたシモンが声をかけてきた。

「どうした。緊張しているのか？」

「はい。この規模の監査は初めてなので」

「ふっ。そんなふうに緊張できるのも今のうちだ。そのうち慣れる。いつか懐かしく思えるように、たくさん経験しておくといい」

「……」

彼は緊張しているネーヴァをなだめるわけでもなく、緊張を経験しておけと言い放つ。ただ、シモンの言葉はネーヴァが今後も大規模な監査をすることを前提としていた。彼が自分の仕事ぶりを認めてくれているのかと思うと、やる気がこみ上げてくる。

――そして、馬車は目的の場所に到着した。

馬車を降りれば、腰ほどの高さの柵に囲まれた集落がある。ここが香りの精霊地区である。精霊の依り代は様々で、たとえばネーヴァが信仰する恋の精霊は真っ赤な宝石に宿ると言われ、シモンが信仰する秩序の精霊は丸い水晶玉に宿るとされていた。

これから監査する香りの精霊は、大きな香木に宿っていると言い伝えられている。そして、この依り代を丁寧に奉ることが信仰に繋《つな》がった。

精霊地区において、依り代を管理・管轄する人間は代表と呼ばれる。各精霊地区の代表は責任を持って依り代を奉り、洗礼を取りしきり、同じ精霊を信仰する人間の帳簿も管理した。

また、精霊として人気があるほど、依り代の周囲に人が集まってくるようになる。敬虔《けいけん》な民は依り代の近くに住み、常に祈りを捧《ささ》げて崇めたいようだ。

そんな人が大勢集まって、ひとつの集落と呼べる規模にまで到ることがある。それがこの香りの精霊地区だ。

小規模な精霊地区では人里離れたほこらの中にぽつんと依り代があったり、小屋を建ててその中に依り代を奉るだけだったりする。

香りの精霊は依り代そのものがとてもかぐわしい芳香を放つことから、かなり人気があった。一度その香りを嗅ぎたいと、観光名所にもなっている。

別の精霊を信仰していても、観光ついでにたまたま香木を嗅ぎ、吸い寄せられるようにそのまま信仰を変更してしまうことも珍しくはないらしい。

ともあれ、この集落は同じ精霊を信仰する者同士が集まった閉鎖的な場所でもあるから、内部で非人道的なことが行われていないか監査する必要があった。

精霊地区を目の前にすると浮《うわ》ついていた心が消え、身が引き締まる。

馬車到着の知らせを聞いたのか、入り口で待っていると麻のローブを着た壮年の男性がゆっくりとした足取りでやってきた。身体の線が細く、中性的な顔立ちにも見える。

「遠路はるばるようこそいらっしゃいました、監査員様。僕がこの香りの精霊地区の代表であるグレオスと申します」

そう言って彼はたおやかに腰を折った。大規模な精霊地区の代表だと言うから、もっと高圧的な人物かと思いきや、人当たりがよさそうで少し拍子抜けしてしまう。

「私が今回の監査を担当するシモン・ジフォード、精霊大臣だ」

「精霊省所属の文官ネーヴァ・ハイメスです。よろしくお願いします」

「こちらこそ、どうぞよろしくお願いいたします」

挨拶を済ませると、グレオスがシモンたちの後ろに控えている騎士に視線を向ける。

「申し訳ありませんが、この精霊地区の中は掟で武器の携帯は禁じられているのです。……できれば、騎士様の立ち入りは控えていただきたく」

「心得ている。馬を一頭残し、お前たちは隣の都市で控えていろ」

シモンが命じると、騎士たちは言う通りにして立ち去った。ここからすぐ近くに大きな都市があるのだ。この香りの精霊地区は観光名所だから、当然近くの街は栄える。

シモンとネーヴァも日中はここで監査をして、夜は都市の宿に泊まるつもりだ。だから移動手段として馬を残していってもらったのだが、一頭だけというのが気になる。

ネーヴァは乗馬が苦手なので二頭残されても困るけれど、シモンにも考えがあってのことだろう。代表の前でわざわざ問うようなことでもないから、深くは追及しないことにした。

「それでは、どうぞ」

グレオスに案内され、精霊地区へと足を踏み入れる。柵の中と外で空気が変わるはずもないのに、どこかもの寂しい雰囲気がした。建物の窓からネーヴァたちをこっそり覗《のぞ》き見ている者もいる。

集落の中には畑があり、家畜の世話をしているのが見えた。煙突のついた作業小屋みたいな場所もある。なにを作っているのだろうか。

(さすが香りの精霊地区は規模が大きいわね。でも、少し違和感が……)

集落の中はとても綺麗だ。荒れた雰囲気もない。

すれ違う人たちは皆小綺麗にしているし、妙に太ったり痩せたりしている民もいなかった。変な怪我《けが》をしている者もおらず、見える場所への暴力や、食事を与えないなどの折檻《せっかん》は行われていないように思える。

……もっとも、本当にそうなのかをこれから監査するのだが。

グレオスの後ろをついていくと、やがて大きな建物にたどりつく。一階建てであるが、とにかく横に広い建物だ。

「こちらが依り代のある建物です。正式名称はあるのですが、わかりやすく本部と呼ばれていますね。代表である僕もこの本部に住んでいます。中へどうぞ」

案内されるまま中に入ると、かぐわしい香りがふわりと鼻に届いた。

「……!　こちらの香りは、もしかして依り代のものですか？」

「ええ、そうです。本部内ではどこでもこの香りがしますが、依り代がある祭壇部屋ではもっと強くなりますよ」

グレオスはにこやかに答えてくれる。

ほんのり漂うその香りは、気分を穏やかにさせてくれる。鎮静効果があるのだろうか？香りの精霊が人気がある理由がわかってしまう。

（とても心地いいわ。自分の信仰する精霊への思い入れが強くなければ、観光に来た人が信仰を変更してしまうのもわかるわね）

信仰する精霊の変更は、各精霊地区ではもちろん精霊省でも管理している。人気の高い精霊への変更報告書はよく届き、その書類で香りの精霊の名前をよく見かけていたけれど、その理由にネーヴァは妙に納得してしまった。

「まずは、祭壇からご案内しますね」

広い建物を歩き、ひときわ豪奢な扉の前に案内される。

ドアノブは純金製で、扉には細かい彫刻が施されていた。模様の端々に、きらきらとした小さな宝石が埋めこまれている。扉は傷ひとつなく、装飾が欠けたらすぐに補修しているに違いない。

依り代を奉る部屋の豪華さでその精霊地区の財政状況がわかるが、香りの精霊は人気があるだけにかなり潤っているのだろう。観光客が来るので見栄えもよくしているのだと思う。

きらびやかな扉を開ければ、今度は独特の匂いが鼻に届いた。香りが強くても、不思議なことに不快な気分にはならない。

部屋の中央に祭壇があり、獅子《しし》ほどの大きさの香木が鎮座していた。木といっても丸太のような形ではなく、平らな流線形をしていて、ところどころささくれ立っている。

香木の前には硝子《ガラス》のコップが置かれ、透明な液体が入っていた。さらに、白く薄い紙も置かれている。

香りの精霊――その依り代となる香木をどのように奉るのが正しいのか、すでに調べてきていた。正しく行われているか、さっそく監査する必要がある。

ちらりとシモンを見れば、彼が口を開いた。

「ネーヴァ、やってみたまえ」

「……っ、はい！　それでは代表、こちらのコップの中の液体はなにになりますか？」

「もちろん、水です」

精霊によって好むお供えものは様々だが、香りの精霊は自らが匂いを放つゆえに、無臭のものを好む。よって、水を供えるのが正解だ。

「どのくらいの頻度で交換していますか？」

「僕の代になってからは朝昼晩と一日三回、食事の前に交換しております」

「それは十分ですね」

事前に見た資料では一日一回交換すればいいと書かれていたが、グレオスはよほど依り代を大切に思っているのか、こまめに交換しているようだ。

「この部屋の向きですが……」

他にもネーヴァは細かく訊ねていく。香りの精霊は丁寧に奉られている印象だ。これなら問題ないだろう。

とはいえ、監査員の来る日に祭壇の手入れをしない精霊地区などない。滞在中に抜き打ちで見に来て、さらに集落の民からも普段の祭壇の状況を聞くつもりだ。特に子供は正直だから、普段ろくでもない管理をしていたら、すぐにわかるだろう。

「……なるほど。特に問題はなさそうですね」

ここで「問題はなさそう」と口にするのは、もちろんわざとだ。気を抜かせたほうが、ぼろが出る。

「ちなみに、余計なものを祭壇に置かないという掟はありませんが、この紙のことを伺ってもよろしいでしょうか？」

ネーヴァは気になっていた薄い紙を指さす。祭壇に紙が置いてあったところで問題はないけれど、監査員として見過ごすわけにはいかない。

「こちらは僕の代から使うようになったもので、匂いを吸収しやすい紙です」

グレオスが紙を一枚取る。向こう側が透けて見えるほど薄い。

「依り代の近くに置いておくと、匂いがこの紙に移ります。集落に住む民はお守りとしてこの紙を持っておりますし、ここまで来られない遠方の信者たちにもお布施のお礼として送っております」

「なるほど」

お布施のお礼という言い回しをしているだけで、実際には販売しているのと同義だろう。香りをつけただけの紙に値段がつくならば、かなり利益率がよさそうに思える。

(帳簿もよく見る必要があるわね)

精霊地区はその収益によって、国に納める税率が変わってくる。収支を誤魔化していないか細かく調べたほうがいいだろう。

ふと隣を見れば、シモンが眼鏡の奥で赤い目を細めていた。同じことを考えているのかもしれない。

「代表、祭壇の監査は十分だ。私は数年前にもこちらへ監査に来たことがあるが、彼女は初めてとなる。まずは本部内を案内してもらいたい」

「ええ、もちろんです」

グレオスがにこりと微笑む。

祭壇を出ると、本部の中には集会所や、集落の民全員が集まれる大きな食堂、代表の私室など様々な部屋があった。

監査中は会議室をネーヴァたちに貸してくれるらしい。会議室には籠《かご》が置いてあり、個別に包装された菓子が入っていた。

「それでは、今お茶を用意しますので、しばらくお待ちください」

グレオスが部屋を出ていく。すると、シモンは真っ先に菓子の入った籠に手を伸ばした。彼らしくない行動に驚いてしまう。

「閣下、お腹が空《す》いているのですか？」

「違う。こういう菓子籠の中に賄賂が入っている場合があるから、まず調べるのが鉄則だ」

シモンは菓子籠を逆さにして中身を出してしまう。テーブルの上に菓子が散らばるが、金のようなものは入っていなかった。彼は籠の裏もしっかりと確認する。

(お布施の収入が多い大規模な精霊地区だと、そんなことがあるのね)

今までネーヴァが監査してきた精霊地区は規模が小さく、収益の少ないところばかりだ。しかし、大規模な精霊地区となると金絡みの問題が出てくるのだろう。まさか、賄賂をする精霊地区があるなんて。

「ふむ。我々を買収しようとするつもりはないようだな」

彼が籠を戻したので、ネーヴァは散らばった菓子を籠の中に入れながら聞いてみる。

「もしここにお金があったら、どうするんですか？」

「これはなにかと普通に訊ねるだけだ。賄賂だと直接言われたわけでもないし、あちらも『うっかり置き忘れた』という言い訳ができるからな」

「意外ですね。閣下なら賄賂を渡そうとしたことを厳しく追及するのかと思いました」

「賄賂を渡そうとするような精霊地区は、叩けばいくらでも埃が出てくる。賄賂ごときに時間を取られるよりも、もっと悪辣《あくらつ》な事態を見つけるほうが優先だ」

シモンの返答を聞き、さすがだと舌を巻く。彼との監査はかなり勉強になりそうだ。

「それより、この集落にいる女性の身なりをよく見ておくように。男にはわからぬ高価な化粧や装飾品などあるかもしれない」

「拝承です」

本部に来るまでの間、特に気になる風貌の女性はいなかった。しかしシモンがわざわざ言うのだから、なにか思うことがあるのだろう。しっかり見なければと肝に銘じる。

菓子を籠にしまい終わる頃、ノックの音が聞こえた。返事をすると、代表ではなく男女の二人組が茶を持って入ってくる。彼らは三十代後半に見えた。

茶を受け取ると、二人揃って深々とお辞儀をする。

「はじめまして、監査員様。俺がここの副代表を務めるアペオースです。そして、こちらが我が妻のリラです」

「どうも、はじめましてー」

代表のグレオスはどこかおっとりとした、柔らかな印象があったけれど、副代表は対照的だ。笑っているけれど、はきはきとした声や嘘くさい笑みからは圧を感じる。ネーヴァはなんとなく苦手意識を抱いてしまった。

副代表の妻はふっくらとしていて、夫と似たような笑いかたをしていた。真っ赤な紅を引き、爪先がうっすらと光っている。

(あら？　これって……)

爪紅をしているようだが、男爵家の生まれで貴族の端くれであるネーヴァはそれが高価なものではないとすぐに気付いた。

高い爪紅は光沢があり発色も鮮やかだ。しかし、彼女の爪は艶がなく色も薄い。安物どころか、自分で採った花から作った爪紅かもしれない。

着ている服も特に高そうには見えなかった。大規模な精霊地区の副代表夫妻にしては、かなり慎《つつ》ましい印象を受ける。

そんなことを考えていると、シモンが副代表に声をかけていた。

「ここの代表は世襲制だったな。……ということは、貴殿は代表の親族であられるか」

「はい、弟です。俺も副代表として監査の手伝いをいたします。なにかご用がありましたら、なんなりとお申しつけください。ほら、兄さんは気が利かないから……」

言われてみれば、副代表の鼻や唇の形はグレオスと似ている気がした。

しかし、性格は真逆に見える。しかも監査という大切な時に、兄である代表を貶《おとし》めるような発言をする彼にネーヴァは嫌な気分を覚えた。

その横で彼の妻は窘めることなく、うんうんと積極的に相槌《あいづち》を打っている。この夫婦はグレオスとあまり仲がよくないのかもしれない。

「それではさっそく、前回の監査から二年ぶんの帳簿をここに持ってきてくれ」

「はい、お待ちください」

夫婦揃ってそそくさと部屋を出ていく。二人きりになると、ネーヴァはさっそく今の情報を伝えた。

「なるほど、質素な印象か」

「はい。監査の時だけそのように見せているだけかもしれませんが、あの爪紅は手作りのような気がします。最近の爪紅は安物でも艶が出るので」

「ふむ……。引き続き副代表の妻と、他の女性の様子をよく見てくれ」

「はい」

シモンは椅子に座ると、今度こそ菓子に手を伸ばした。包みを開けて、クッキーを口に入れる。

「甘くはなく、素朴な味だ。そこまで砂糖を使っていないから、高価なものではないだろう」

ついで茶を飲む。

「この紅茶も高い茶葉とは思えんな。……ふむ」

彼にとっては菓子も茶も監査対象らしい。腕を組みながらなにかを思案している。

すると、大量の冊子が運ばれてきた。頼んでいた帳簿だろう。

帳簿を受け取ると、監査員以外は退室してもらう。

「事前調査ではここの精霊地区は収益が多く、相応の税金を払っていたはずだ。だが、祭壇のある部屋は綺麗にされていても、他は質素な印象を受ける。……一体なにに金を使っている？」

シモンはそう言いながら、最新の帳簿が記載された冊子を手に取る。細かい内訳よりも先に、最後の頁《ページ》にあるまとめ表を見た彼は瞠目《どうもく》した。

「……む。なんだこれは」

「え？」

ネーヴァは開かれた頁を覗きこむ。

——多額の収益は、そのほとんどが貯蓄されていた。

(うーん。帳簿上はおかしなところはないわ。むしろ、これだけの規模の精霊地区なのに支出が少なすぎるくらい)

帳簿を睨みながらネーヴァは小さく唸《うな》る。

もっとも、帳簿に書かれていることが正しいとはかぎらない。いくつかを抜き打ちで領収書と突き合わせる必要があるし、投資した設備が本当にあるのか見にいったほうがいいだろう。

ただし、もう空は赤く染まっていた。今日は帳簿を見て気になる点を探すだけで、明日から本格的に動くことになる。シモンも帳簿を持ってこさせた以外はなんの要求もしていなかった。

いくら監査とはいえ、ここの人たちの生活があるし、あまり長居しすぎては迷惑をかけてしまう。そろそろ終わりにしたほうがいいかと考えていると、グレオスがやってきた。

「お疲れさまです。なにか気になる点はございましたか？」

帳簿の冊子を閉じながらシモンが答えた。

「それは明日詳しく訊ねよう。今日の監査はこの辺で終了する予定だ」

「かしこまりました。それでは、夕食を食べていかれませんか？　これから食事の時間なのです」

「食事も監査の対象だからな。いただこう」

同じ精霊を信仰する民が依り代の周囲に集まり、ひとつの集落ができるほどの規模になった精霊地区は、集落の民たちに食事を提供しなければいけないという法律がある。

精霊地区の役割は、ただ依り代を奉るだけではない。親を失った子供や、配偶者の暴力から逃げてきた人、そして身体が不自由で働けない人など、そういった民草が生きていけるように受け皿の役割も担っているのだ。

だからこそ精霊地区はお布施で多額の収益を得ても、税率やその他諸々、一般的な商売よりも優遇されている。大規模な精霊地区は商売より遥《はる》かに楽に稼げるけれど、そのぶん社会的貢献が必要になるのだ。

「ここでは集落の民が全員この本部で一緒に食事をするのだったな？」

「はい、そうです。それでは、食堂に向かいましょうか。ああ、帳簿はそこに置いたままで結構です。外から鍵を閉めますので、明日もここはこのままお使いください」

帳簿をまとめ、さっと片付けて部屋を出る。グレオスは鍵を取り出し、しっかりと施錠していた。

それから食堂へと向かう。集落の全員が集まるので、本部の中でも一番広い部屋となっていた。長机と椅子がずらりと並んでいる。もしかしたら城の食堂より広いかもしれない。

食堂に姿を現したシモンとネーヴァを、集落の民たちはちらちらと遠巻きに見ていた。まあ、監査のために文官がやってきたのだから気になるだろう。特に小さな子供たちは好奇心を隠そうとはしない。

「あっ、知らない人がいるー！　あの人たちもこの集落に引っ越してくるの？」

「いいえ、違うわよ。私たちが香りの精霊をきちんと敬っているのか調べにきたのよ」

そんな会話が耳に届く。大人はともかく、小さな子供たちは今日から監査だと知らないようだ。

「各自お盆を持ち、列に並んで配給係から食事を受け取ります。年を取っていたり、怪我をしていたり、小さすぎる子供以外は平等に並びます。代表である僕も例外ではありません」

そう言ってグレオスは食堂の入り口付近で重なっていたお盆を手に取ると、シモンとネーヴァに手渡してきた。並べということだろう。

「大臣様には慣れないかもしれませんが、我が精霊地区の日常を知ってもらえればと」

「構わない。我々もその土地のしきたりに従うまでだ」

グレオスはお盆を持ったまま長い列に並ぶ。この地区の代表である彼に誰も順番を譲らなかった。

この規模の精霊地区の代表だというのに、グレオスは全然偉そうな素振りもない。当然のように列に並んでいて、これが今日だけでなく、普段からこんな様子なのだろうとわかる。

列はゆっくり進んでいった。食事をもらった者は、さっそく席について食べ始めている。

「同じ時間に集まりますが、いかんせん人数が多いので、全員の食事が揃うまで待つと最初のほうに並んでいた人のぶんが冷めてしまいます。ですから、席についた順に自由に食べていいことにしています」

「なるほど。そのほうが合理的だな」

いただきますという声があちこちから聞こえる。列が進みようやくネーヴァの番になった。

木の器に汁物を注《つ》がれ、パンをもらう。あとはお皿に少しの野菜と、豆を煮たものが載せられて食事は終わりだった。質素どころか、育ち盛りの子供がこれで足りるのかと心配になってしまう。

「……代表。これは普段通りの食事か？　子供もこれで足りるのか？」

「食べる量は人それぞれですから、すべての食器を空にすれば再び並んでおかわりできることにしております。もちろん、監査員様も足りなければおかわりしてください」

グレオスはにこにこと答えた。ネーヴァはもう一度、注意深く周囲を見渡してみる。

食事は楽しい時間のはずが、民たちの顔は明るくはなかった。ただ、淡々と食べている。

（喜んで食べているように見えないわ。でも、朝食や昼食が豪華で、夕食だけ質素なのかもしれないわよね。皆がそこまで痩せ細っているようには見えないもの）

子供たちは妙に細いわけでもない。肉付きのいい子供だっていた。この夕食だけで栄養が足りていないと指摘するのは浅慮である。

席の場所だけはある程度決まっているようで、グレオスは上座と思われる場所に座り、その側《そば》にシモンとネーヴァも座った。食前の祈りを済ませ、さっそく食べてみる。

（スープの味が薄いわね。野菜の甘みがわかるけど塩味が少なすぎるわ。パンも硬い。野菜は瑞々しくて美味《おい》しいけど……）

畑で育てただろう野菜の味はよかったけれど、それ以外のものは総じて味が薄かった。豆は味つけもせずに煮ただけで、もそもそしている。

お世辞にも満足のいく食事とは思えなかった。王宮で下働きしている庶民だって、もっといいものを食べている。厚意で提供されたこの食事に文句はないけれど、集落で暮らす民たちのことが心配になった。

先に食べ終わったシモンがグレオスに声をかける。

「代表。明日は用事があるので午後からここに来る」

「ええ、もちろんです」

ネーヴァが食べ終わるのを待つ間、シモンは民たちの様子を観察しているようだった。

「ごちそうさまでした」

食事が終わると、洗い場まで食器を下げに行く。

それからグレオスに見送られて集落の外に出た。さあ、どうやって隣の都市に向かうのかと思えば、シモンは馬を繋いでいた縄を外す。

「君は乗馬ができないだろう？　一緒に乗るぞ」

「えっ」

シモンは戸惑うネーヴァを問答無用で馬上に乗せたあと、自らも乗る。長距離の移動に耐えられる大きな馬は二人を乗せても全然平気そうだった。

「しっかり鞍《くら》を握っていろ」

「は、はい」

二十八年間生きてきたけれど、こうして馬に乗るのは初めての経験だった。

基本的に貴族女性の移動手段は馬車である。

シモンは侯爵家の嫡男だから、貴族男性の嗜《たしな》みとして乗馬ができるのだろう。速度を出していないからだろうが、問題なく馬を操っているし安定感がある。

ただ、馬上は広くはないのでネーヴァの背中が彼の身体に密着した。衣服越しに筋肉の硬い感触が伝わってくる。

(今まで気付かなかったけど、閣下って意外と逞《たくま》しいのね)

身体を動かしている騎士ならともかく、机仕事が多い文官は四十にもなれば身体がたるんでお腹が出てくる。しかし、背中から感じる彼の身体はしっかりと筋肉がついている印象だ。

手綱を握っている手に視線を落とせば、腕がそこそこ太い気がする。

綺麗な顔をしているのは知っているけれど、彼の身体つきを注意深く観察したことはなかった。そもそも、大臣である彼の身だしなみはしっかりしている。暑い日でも服を着崩さず、腕や胸元を少しも露出しない。

ここまで接近して、彼が思ったより筋肉質であることにネーヴァは驚いてしまった。

「大丈夫か？　問題はないか？」

後ろからシモンが気遣うように声をかけてくる。

「だ、大丈夫です……」

「なにか含んだような言いかただな。問題があるならすぐに言え。太腿《ふともも》が痛いか？　それとも馬上は思ったより揺れるから気持ち悪いか？」

予想外の逞しさに気を取られていただけなのに彼は追及してくる。誤魔化せる気もしなかったのでネーヴァは正直に伝えた。

「その……閣下が立派な身体つきをしていらっしゃることに今さら気付いて、驚いたのです」

「ああ。適度に運動をしないと健康に悪いからな。それに、狙われることもあるので鍛えている」

「え？　狙われるって……大臣職ってそんなに物騒なんですか？」

大臣は文官たちが憧れる役職である。王の一番の補佐となる宰相も現役の大臣の中から選ばれるし、大臣になれば権限も増えた。給料だって普通の文官に比べたら桁違《けたちが》いである。

そんな大臣の座を狙おうとしているのか、それとも政敵が邪魔者を排除しようとしているのか。きな臭い噂を聞いたことがなかったので耳を疑う。

しかし、シモンはしれっとした口調で言った。

「いや、ただの報復行為だ。私はどうも恨みを買いやすいようでな。しかし、大量の仕事を抱えている私が死ねば、その皺寄せが来るのは文官たちだ。だから殺さずに少し痛めつけよう……などと考える輩《やから》も多いらしい」

「そうなのですか……」

命まで狙ったものではないことに胸を撫で下ろすけれど、だからといって暴力は許されない。彼が心配になってしまう。

「仕事中、閣下のおっしゃることは正論だと思います。しかし、言いかたというものがあるのです。あまりきつく注意をしないほうがいいのではありませんか？　仕事のことで恨みを持たれて襲われるなんて、よっぽどですよ」

「む……。まあ、一理あるか。考えておこう」

「……！」

どうやらシモンはネーヴァの忠告を一応は聞き入れる気があるようだ。以前だったら「駄目なことを注意してなにが悪い」と却下されたはずなので、彼の変化に驚いてしまう。

（わたしが好きだから忠告を聞いてくれるの？　それとも、たまたま？）

彼の顔を見たいけれど、馬上で動くのは危ないのでそれはできない。そわそわして落ち着かずにいると、彼は言葉を続ける。

「心配してくれているのか？」

「……もちろんです。閣下は我が精霊省の大臣ですから。怖いですが頼りにしてます」

「安心してくれ。闇討ちで怪我をしたことは一度もない。この顔のおかげで肉弾戦が苦手だと思われるようでな、相手も慢心した様子で襲ってくるのだ。武器を奪い取って目の前でへし折れば大体は逃げ帰る」

「へし折る？　えっ？　そんなことが可能なのですか？」

「なにも鉄の剣を折るわけではない。木刀だ」

シモンを襲う相手は間違っても殺さないよう、刃物を使わずに木刀を使うのだろう。しかし、木刀だって簡単に折れるような代物ではない。

（綺麗なお顔だから、力は弱そうに見えるわよね。あの顔で武器をへし折るだなんて）

シモンに襲いかかった相手は、武器と一緒に心も折られたのではないだろうか。侯爵位で仕事ができるだけなく、顔も整っていて、さらに強いだなんて、シモン・ジフォードはとんだ超人である。今の彼が持っていないのは若さくらいだろう。

改めて、彼はとんでもない男だと思い知る。

進行方向に街の灯《あか》りが見えてきた。馬はゆっくりと順調に進んでいる。

「ところで、話は変わるのだが」

「はい、なんでしょう」

監査の話だろうかとネーヴァは気を引き締める。すると、頭上から降り注いできたのはとびぬけて甘い声だった。

「好きだ」

「……っ？　は？」

「街につくまでもう少しかかる。しかし、特に話すべきことはない。ならば君が側にいるこの時間を有効活用しようと、私の思いを伝えることにした」

「なっ……！　口説くのは監査が終わってからとおっしゃってましたよね？」

完全な不意打ちに、ネーヴァは耳まで赤く染まる。夜でなければ彼にばれていただろう。

「一方的に思いを口にしただけだから、口説いていないだろう。口説くというのは恋仲になろうと交際を申しこむことではないのか？　愛を伝えるだけでは我々の関係は変わらないし、口説くうちにも入らん」

「……っ」

ネーヴァはぱくぱくと口を動かすが、なにも言葉にならない。

(確かに好きって言うのはただの告白で、口説くのとはちょっと違う？　……え？　えっ？)

頭の中でぐるぐると考えていると、再び言葉を紡がれた。

「好きだ」

「……」

「伴侶にして、生涯を共にしたいほど好きだ」

伝えられるのは一方的な愛。しかし、身体を密着させたまま言われ続けるとかなり胸が揺さぶられて、長距離の馬車の移動よりもネーヴァはどっと疲れてしまった。

第三章　奇妙な事件

――監査二日目。宿での朝食を終えると、ネーヴァはシモンに連れられ商店街へと向かう。

一番品揃えがいいよろず屋を見つけると、シモンはそこの店主に声をかけた。

「失礼。少し話を聞きたいのだが」

「ひっ、文官様……？　うちになんのご用で？」

ネーヴァたちが着ているのは、城勤めの文官用の制服だ。地方の役人とは装いが違う。

大きな都市にある店では、たまに財務省が抜き打ちで監査に来ることもあるので、店主は勘違いしているようだ。後ろめたいことがあるのか顔が青ざめている。

「案ずるな。私は精霊省の文官だ。香りの精霊地区のことを聞きたい」

「なんと、そうですか！　ああ、よかった。てっきり財務監査かと」

店主は途端に安堵の表情を浮かべた。あからさますぎて、疑ってくれと言わんばかりだ。

こっそり財務省に報告したほうがいい案件かと思いきや、シモンがとんでもないことを言い出した。

「これは私の独り言だが、財務省の知人から怪しい店を見かけたら報告するように言われていてな。いい情報を提供してくれるような店ならば、怪しくないと思うのだが……」

仕事熱心で真面目な彼が、あまりよくない取り引きをしようとしている。彼のことだから不正の気配を感じて叱りつけるかと思ったので、これは予想外だった。

シモンの言葉に店主が両手を揉みあわせながら答える。

「……！　ええ、なんなりとお聞きください！　ご協力します」

「そうか。では、香りの精霊地区の者はここでなにか買ったりするか？　地区としての買い物なら領収書を要求されるから覚えているだろう」

「地区としてでしたら、祭壇関係の品は気前よく買っていかれます。しかし集落の民が共同で使うような備品などは安いものばかりですね」

そう言って店主は精霊地区がよく買っていく日用品の売り場まで案内してくれる。たとえば石鹸《せっけん》は何種類か並んでいる中でも一番安いものを買っているようで、他の日用品も同じような感じだった。

「あそこは小さい子供もいるでしょう？　安物は子供にはよくないし、本当はもう少しいいものを買っていってほしいんだけど、新しい代表になってからここ一年、妙にケチくさくなってねぇ……」

「それなんだが、あそこの子供たちは提供される食事で栄養が足りているのか？　見たところ、極端に痩せ細った子供はいないようだが」

「それは大丈夫ですよ。本部が用意する食事は質素ですが、あそこで暮らしている民はこちらで仕事をしている人たちばかりですから。ほら、お布施をするためには外で稼いでこなきゃいけないでしょう？」

集落にいれば食事を提供されるから生きてはいけるが、幹部にならないかぎり、お金をもらえるわけではない。また、わざわざ依り代の側にいたくて集落に引っ越してくるほど敬虔な民は、お布施をすることに喜びを感じる。そのお金を稼ぐのに、すぐ近くにある大都市はうってつけだ。

「前の代表の時はそれなりの食事が出ていたようですから、稼いだ金のほとんどをお布施する人も多かったようです。しかし今の代表になってからはお布施の額を控えて、こちらの都市で食事をする人が増えました。特に、子持ちの人や食べ盛りの若い男性はその傾向が顕著ですね」

「なるほど。あの食事にしては子供の発育が悪くなかったのはそういうことか。では、親のいない孤児はどうしてる？　あの規模の集落なら、孤児も受け入れているだろう」

「副代表夫妻は役職つきなので、精霊地区からお給金をもらっているでしょう？　そのお金で孤児を食事に連れてきたり、お菓子を買って子供たちに分け与えたりしているようです」

それを聞いてネーヴァはほっとした。

精霊地区によっては多額のお布施を強要したり、精霊の掟の他に独自の規則を作って外部での飲食を禁じたりするところもあるから、香りの精霊地区はそこまで民を締めつけていないらしい。

（でも、あの副代表夫婦がそんなことをしていたなんて……人は見かけによらないのね）

ネーヴァは彼らを苦手だと思ってしまったことを反省する。もっとも、態度に出したわけではないので、そんなことを考えていたとは彼らも知らないだろうけれど。

「代表のグレオスはかなりの倹約家のようだな。彼が個人的に大きな買い物をしたという話は耳に入っているか？」

「いいえ、聞いたことがありません」

「なるほど。ちなみに店主が知らないだけという可能性はどのくらいだ？」

「今の代表がケチなのは我々の間でもかなり有名な話です。もし代表が大きな買い物をすればギルドでも噂になるでしょうから、私の耳に入らないことはないかと」

「わかった」

シモンは納得したように頷く。

店主は財務省の抜き打ち監査だと勘違いした時の様子とは全然違っていて、正直に答えているように見えた。もちろん演技かもしれないが、この人はなんでも素直に顔に出してしまう気がする。

「店主、ご協力感謝する。……それと、あまりやりすぎるなよ」

「……は、はい！」

最後にちくりと言われて、店主はぴしっと背筋を伸ばす。

よろず屋を出てしばらくしてから、ネーヴァはシモンに声をかけた。

「あのお店は明らかに怪しかったんですけど、財務省に報告しなくてもいいのですか？」

「構わん。あの規模の店では脱税したところで微々たるもの。しかも市民の生活に直結しているだろう？　そういう店がなくなったら困るのはここで暮らす民だ」

さらりと、不正を見逃すような発言をするシモンに驚いてしまう。

「意外です。仕事中はどんな些細な間違いも逃しませんし、閣下はこういったものは絶対に許さないと思ってました」

「私は財務省ではなく精霊省の大臣だ。先程は情報欲しさに店主にあんなことを言ったが、財務省とて脱税されずにしっかり徴収したいのなら、正しく納税した者が得をするような政策を設けるべきだろう」

シモンが財務省の大臣だったら、また話は違っていたのだろう。だが彼の所属は精霊省だ。精霊省の管轄ではない内容には柔和な考えを持つようで、彼の新たな一面を見た気分になる。

（わたしは閣下のこと、なにもわかってなかったようね）

彼は真面目なだけではなかった。情報を入手するために駆け引きをしており、そういう部分を見てがっかりしたのではなく、むしろ惹《ひ》かれてしまう自分がいる。もっと色々な彼が知りたいと思ったところで、シモンはまた別の店に入っていった。

そこでも香りの精霊地区についての質問をする。いくつか回ってみたけれど返ってきたのは最初のよろず屋で聞いた内容と同じ話ばかりで、それ以外の新たな情報は得られなかった。

昼になると、精霊地区へと移動する。行く際には騎士に声をかけ馬車を出してもらったが、帰りの時間はわからないのでまた馬を一頭置いていってもらった。今夜も彼と一緒に乗るのかと思うと胸がむず痒《がゆ》くなる。

グレオスに出迎えられ、さっそく本部に足を踏み入れた。

「会議室に向かいますか？」

「いや、まずは金庫に案内してほしい。帳簿にあった額と現金の額が概《おおむ》ね一致しているか調べたい」

「かしこまりました」

金庫を見たいという申し出にもグレオスは嫌がることなく、すんなりと案内してくれた。

金庫部屋を開ければ、そこには現金が積まれている。

「数えますか？」

「……いや、私の記憶にある数字と同じくらいの現金があるだろう。いちいち数えるだけ無駄だ。ご協力感謝する」

「いえいえ、とんでもない。香りの精霊地区の代表として、清廉潔白な運営を志しております。なにを求められても困りません。他にもなんなりとおっしゃってください」

「では、代表の私室を見せてもらえるか？」

そのシモンの提案にネーヴァは目を瞠った。

この監査はあくまでも精霊地区を調べるものであり、その対象は組織だ。個人ではない。よって、グレオスの私的な空間を見せろというのは、かなり度の過ぎた要求である。

断られても仕方のない依頼だが、グレオスは躊躇《ためら》うことなく頷いてくれた。

「もちろん構いませんよ。まあ、ご期待に添えるような面白いものはありませんが」

いくら監査とはいえ、自分の部屋に出会ったばかりの他人を入れるのは普通は嫌がる気がする。それなのにグレオスは表情を変えることもない。

彼は本部の一番奥にある私室まで案内すると、扉を開けてくれた。

「どうぞ、好きに見てくださって構いません」

「失礼する」

シモンが部屋の中に入り、ネーヴァも続く。

中年男性の部屋であるが、ほんのりといい香りがした。香りの精霊の匂いを宿した紙がところどころに置いてある。

部屋の中は片付いているどころか、あまりものがない。ベッドは大きく立派であるが古かった。寝具もずいぶんと安っぽく、肌触りが悪そうである。

木製のテーブルの上には酒とグラスが置かれていた。初めて見る酒で、ラベルには大きな葉を持つ植物の絵が描かれている。この地方のものだろうか？

なんとなく、彼が酒を飲む印象がないので驚き、思わず聞いてしまう。

「代表はお酒を嗜まれるのですか？」

「ああ、僕の嗜好ではありません。僕の父……つまり前の代表が夜に一口酒を飲み、身を清めることも重要な役割と言っていたので、従っているまでです」

「なるほど」

相槌を打ちつつも、実は彼の父親は酒が好きで、真面目すぎる息子に毎晩飲む言い訳にするために適当に言い繕ったのではないかと邪推してしまう。まあ、もう真実を知る手段はないのだけれど。

「僕には見られて困るものはありません。隠し部屋とか、隠し金庫とか、どうぞ探してください」

「……いや、結構だ。会議室に戻るが、ここ三ヶ月ぶんの領収書だけ持ってきてほしい」

「かしこまりました。すぐに準備いたします」

グレオスの部屋を出て、昨日使っていた部屋に行く。

室内の様子は昨日出た時と一緒で、わざと少しだけずらして置いた帳簿もそのままだ。なにか細工をされたようにも見えない。誰もこの部屋に入っていないのだろう。

しばらく待つと、グレオスが領収書を置いていった。城では一ヶ月ぶんの領収書でもかなりの量になるのに、三ヶ月ぶんの量とは思えないほど少ない。

シモンは領収書をめくっていく。

「……ふむ。よろず屋で聞いた内容とほぼ一致しているな。これを帳簿と突き合わせたところで、おかしな点は見当たらないだろう」

「金庫にも、ちゃんとお金がありましたしね。あの代表が着服して裏で使っている様子はなさそうです」

大規模な精霊地区はお布施により多額の収益を得られる。しかし、閉鎖的な精霊地区が多いため、不正をしても情報が外に流れにくい。よって、代表が国への収支報告を誤魔化し、こっそり私腹を肥やして自分だけ贅沢《ぜいたく》をしている事例が毎年必ず監査で見つかっていた。

この香りの精霊地区は、異様に節制している。収支を誤魔化す基本は、使ってもいない費用の領収書を作成することだが、この精霊地区はそもそもお金を使わない。そして、その貯蓄はきちんと置いてあるのだ。

帳簿の記載とほぼ同じ額の現金を見せられたネーヴァは、金銭的な不正をしていないのではないかと推測する。しかし、シモンは鋭く指摘した。

「現金を見せられても信用してはいけない。裏で使いこんでいても、監査の間だけ金を借りてくればその場は誤魔化せる」

「……！　た、確かに」

その発想はなかった。そういう場合もあるのだと、しっかり脳裏に刻みつける。

「まあ、私の勘ではあの金は借りたものではなさそうだがな。……ふむ」

シモンの眉間に深い皺が刻まれた。

「節制を好む精霊地区もある。だが、以前の香りの精霊地区はそうではなかった。グレオスが新しい代表になり、以前よりも慎ましい生活を送ったぶん己の懐に入れているかと思いきや、そうではない」

「節制はあの代表の方針なだけで、特に深い意味はないのでしょうかね？」

「それにしては過度とは思わないか？　特にあの食事だ。領収書を見ても、普段から質素な食生活を送っていることが窺《うかが》える」

領収書を見れば、あまり肉を買っていないことがわかる。買ったとしても安価なものばかりだ。

「精霊地区は集落の民が出ていかないように、それなりの食事を提供するのが普通だ。他の精霊に信仰を変えられては、そのぶんお布施が減り収入も減るわけだからな。無償提供とはいえ財源はお布施から出ているわけだし、どこの宗教地区もいい食事を用意している。……

それなのに、あの節制ぶりだ。君はあの食事に満足したか？」

「二十代後半になって小食になり脂っぽいものも好まなくなりましたが、そんなわたしでも物足りなく感じました」

「そうだろう。食の細そうな君でさえそう思うなら、あの食事は質素すぎるのだ。いくら依り代の香りが魅力的とはいえ、これでは民に不満が溜まるだろう。そのくらい代表にも予想がつくと思うのだが」

「代表への不満が過度に高まると、暴動が起きる可能性もありますよね」

代表と民たちの間で思想の格差が開きすぎた結果、暴動が起きてしまった精霊地区がいくつか存在する。暴力を持って己の信条をきかせようとした人間の行動は過激になるので、精霊省の資料に記されている事例は目を覆いたくなるほど凄惨なものが多かった。もちろん死者も出ている。

そういう悲劇が起こる前に指導するのも精霊省の仕事だ。

「代表がなにを考えているか知らんが、民たちに話を聞いてみるしかない」

「はい、わかりました」

もともと集落の民から聞き取りをする予定ではあったが、より注意深く内情を知る必要がありそうだ。

それからグレオスを呼び、民たちから話を聞くため集落の中を散策する許可をもらった。

民たちから話を聞いて回るのに、シモンとネーヴァは別々に行動をする。男性の前、もしくは女性の前では言いづらい話があるかもしれないので、それを配慮してのことだ。

民を見かけるたび声をかけていくが、聞こえてくる回答は同じものだった。

「そりゃ、我々もお布施してるんだからあの食事は不満があります。でも、代表が私腹を肥やすわけでもなく、あの人が一番質素な生活をしているのだと思うと文句も言えなくて。ほら、我々はお布施の額を加減して隣の都市で食べられますが、代表はそんなことしませんし」

「そうですか……。かなり節制しているようですが、代表は本当に私的なことにお金を使っていないのでしょうか？」

「はい、それは間違いなく。しかも、お金を貯めているのは、祭壇になにかあった時、すぐに対応するためとおっしゃってます。確かに本部の建物はかなり古くなっていますしね。代表が香りの精霊をそこまで思っているのですから、我々も多少は我慢しないと」

「そうですか。お話、ありがとうございました」

ネーヴァが話を切り上げると、民は頭を下げて去っていく。

先程からずっとこんな調子で、食事に不満は持ちつつも、代表のグレオスが一番質素な生活を送っているので文句は言えないという感じだった。

節制しているふりをしてグレオスが陰で散財している……というような話もまったく上がってこない。子供時代の彼を知る民もいたが、昔からずっと清廉潔白のようだ。彼の性格について悪い噂のひとつも聞かない。

(悪口が出てこないっていうのも逆にすごいわね)

監査をすれば、必ずといっていいほど代表への不満の声が上がるものだ。しかし、聞こえるのは食事内容に対する不満だけ。それだって食べたい時は外で食べられるからと、深刻ではなさそうだ。

もちろんお金関係以外にも、代表や副代表のような上の立場にいる人間から性的や暴力的な被害を受けていないか調査する。代表はまったく性欲のなさそうな、むしろどこか女性的な印象を受ける男性だったけれど、そのあたりも今の段階では問題なさそうだった。

(質素すぎるけれど問題はなさそうね。この監査では食事をもう少しだけ改善するように指導する感じになるのかしら?)

そんなことを考えていると、「監査員様!」と声をかけられる。振り向けば、副代表の妻がいた。確か名前はリラと言っただろうか。

「どうしましたか?」

「実は相談したいことがあるのですが、他の人には聞かれたくなくて……。こちらへ来ていただけますか?」

「……！　わかりました」

わざわざ監査員に声をかけるなど、なにかの密告の可能性が高い。彼女は副代表の妻という立場だし、だからこそ知る情報もあるだろう。

彼女に案内されて、本部のすぐ近くにある小屋に入る。作業場のようだ。すり鉢や木片、油、なにかの粉が置いてあり、小屋の中は依り代とは違う独特な香りがした。

「これはなんの匂いです？」

「お香です。香りの精霊の掟に、多くの素敵な匂いと出会いなさいというものがあります。だから、ここでお香を作って研究し、売って……いえいえ、お布施と引き換えに希望者に渡しています」

「なるほど、お香の作業場ですか」

よく見れば香炉も置いてある。小屋の中を観察していると、リラが声をかけてきた。

「あの……言いづらいのですが、相談がありまして」

「なんでも言ってください。それを聞くのが仕事ですので」

相手が話しやすいように、ネーヴァは微笑んでみせた。

「実は今夜、代表からここに呼び出されているのです。……いえ、正確にはずっと前から。週に一回ほど、夫にも内緒で」

「ずっと前から？　……どういった用件です？」

「男が女を呼び出すのなんて、理由はひとつです。女ならわかるでしょう？」

「……つまり、そういうことですか」

ネーヴァが訊ねると、彼女はこくりと頷く。

正直なところ、あのグレオスは性的暴行をするような人物に見えない。

しかし「まさかあの人が」と驚かれるような人ほど、裏では罪を犯していたりする。先入観で判断してはいけない。

「一度襲われてからは、夫にばらされたくなければいうことを聞けと脅されて……。でも、もしこのまま妊娠したら、その子が代表の子か夫の子かわからなくなってしまいます。もう私、どうしたらいいのかわからなくて……」

リラは両手で顔を覆う。ふくよかな身体が小刻みに揺れていた。

「ですから、今夜は監査を終えたあと、帰るふりをしてこの小屋に隠れていてくれませんか？　そして、代表が私を襲おうとした時に現場を取り押さえてほしいのです。私は見た目も魅力的じゃないから話しただけでは信用してもらえないけど、現場を見ればきっとわかってもらえると思って」

「ご自身を卑下しないでください。それに、監査中に報告を受けたことは必ず調べます。もちろんリラさんが望むのでしたら、今夜ここに隠れて現場を見ますから」

「本当ですか！」

両手を顔の前から外し、彼女はネーヴァの顔を覗きこんでくる。泣いていたように見えたが、彼女の頬には涙の痕《あと》がなかった。

「……ええ、もちろんです。ただ、わたし一人では男性を取り押さえるのは難しいので、男性監査員も一緒でいいですか？」

「ええ、ぜひともお願いします」

リラはすっかりにこにこしていた。彼女の態度になにか引っかかる部分があるけれど、この笑顔も悲劇が今夜で終わるという喜びの顔なのだろう。

そのあと、今日監査を切り上げて帰る際のことや、この小屋で隠れる場所などの打ち合わせをして、ネーヴァは彼女と別れた。

「そんなことがあったのか……」

監査に使っている本部の会議室でシモンと落ち合うと、ネーヴァは真っ先にリラのことを報告した。しかし、シモンは今ひとつ納得していないようだ。

「だが、あの代表は男性とは思えないくらいに細いぞ。襲うにも彼女のほうが体重も腕力も上ではないのか？」

それを聞いて、ネーヴァはむっとした。

先程リラは話しただけでは信用してもらえないと気にしていたが、まさにその通りだ。やはり男性と女性では考えかたが違うらしい。

「閣下、その先入観はいけません！　相手のほうが立場は上ですし、異性に襲われたら恐怖で動けないことだってあります」

ネーヴァははっきりと非難した。すると、彼は素直に非を認める。

「む……失礼した。確かに私が愚かだった。今夜、現場を押さえられるということだし、そこまで言うのなら間違いないのだろう」

「そうです。いくらなんでも、その場にいれば襲っているかどうか判断できますから」

万が一、代表を陥れようという奸計《かんけい》であっても、監査員の前で自分を襲わせるなど至難の業だ。密告だけではなくその場を見せるのだから、まず代表は彼女に手を出すだろう。

「よし、わかった。取り押さえたあと、代表の身柄は我々の滞在先で預かることにしよう。騎士たちを精霊地区の側に待機させておく。そうと決まれば、私は騎士たちに一度連絡してくる」

「よろしくお願いします」

そのあとシモンは「監査に必要な資料を取りに行く」という名目で、馬を飛ばして都市へと戻る。

しばらくしてから彼は騎士と馬車を連れて戻ってきた。そう、取り押さえた代表を乗せるための馬車だ。騎士一行は目立たない場所で待機してもらう。

それから、会議室で監査について話しているとグレオスがやってきた。

「お疲れさまです。そろそろ夕食の時間ですが、ご一緒にいかがですか？」

男性にしては少し高めの中性的な声だ。とはいえ、いくら線が細くても骨格や喉仏は女性のものではない。グレオスは間違いなく男性だ。

(本当にこの人がリラさんを……？)

リラを疑うわけではないが、改めてグレオスを見ると違和感を覚える。

しかし、もうすぐ真実がわかるだろう。ネーヴァは怪しむ素振りは見せずに、彼と一緒に食堂へと向かった。


昨日は食事のあと、グレオスが集落の出入り口まで見送ってくれた。

だが、今日は副代表がグレオスに声をかける。副代表は事情を知らないはずだが、リラが上手く仕向けたのだろう。グレオスの姿が見えなくなると、リラが接触してくる。

そしてネーヴァたちは作業小屋へと案内された。中に入ると、独特の匂いが鼻をつく。

なんの匂いなのかと部屋の中を見渡すと、部屋の隅にある香炉から細い煙が立ち上っていた。どうやらお香を焚《た》いているらしい。

(わざわざ香を焚いてる？　どうして？)

香の作業小屋とあって、焚いていない時もそれなりの香りがしたが、今はさらに強く匂ってくる。不快な類いの香りではないが妙に気になった。

「では、こちらの棚の後ろに隠れていてください。穴が空いているので様子が見えると思います。私は一度出ていきますが、すぐに代表と戻ってきますから。言い逃れされたら困るので、私が押し倒された決定的瞬間に捕まえてください」

早口で言い切ってリラが小屋を出ていく。ネーヴァとシモンは棚の後ろに身を隠した。棚は古いものらしく、ちょうど覗けるような場所に穴が空いている。

「香を作る作業小屋というが、すごい匂いだな」

眉根を寄せながらシモンが呟《つぶや》いた。

「それが、お香を焚いているみたいなんです」

「お香を？　なぜ？」

「行為の雰囲気作りにお香を焚く人もいます。ですが、代表が焚いたとは思えなくて……」

「……なるほど。この香について君の考えを聞かせてくれ」

「日中、わたしがリラさんに呼び出された時には焚かれていませんでした。もし代表が焚いていたのなら、我々を食事に誘う前かと思いますが、お香を焚いたまま長時間放置しておくのは危険です。あの人がそういう危険を冒すとは考えづらくて……」

香を焚くのには火を使う。そして、この作業小屋は依り代のある本部のすぐ側に建てられていた。万が一、なにかの拍子に火種が周囲に燃え移ったら大惨事である。

女性を襲うか襲わないか以前に、あのグレオスがそんな危険なことをするようには思えなかった。

「確かに。行為の際に必要なら直前に焚けばいい。代表が火をつけたままの香炉を放置するとは考えられんな」

「そうですよね？　だとしたら、焚いたのはリラさんになります。でも、わざわざ焚く意味がわからなくて……」

嫌々ながら抱かれるのに、香を焚いて準備するだろうか？　しかも、今日は行為をする前にネーヴァたちが取り押さえる予定である。

「ネーヴァ、そこの窓から外の様子を窺っていてくれ。代表たちが近づいてきたらすぐに知らせろ」

「はい」

ネーヴァは窓際に身を寄せると外を覗く。窓からは本部の出入り口がよく見え、食事を終えた人たちが続々と自分の家へと戻っていく様子が窺えた。

シモンは香炉を開けると、同じ色と形の香を探し始める。

「見つけた。これだな」

彼は未使用の香に鼻を近づけて確かめていた。その時、本部からグレオスとリラが出てくるのが見える。

「閣下、代表たちが来ます」

「わかった」

シモンは香をポケットに入れて本棚の後ろへと隠れる。ネーヴァも彼の隣に隠れて息をひそめた。

それからすぐに二人が小屋に入ってくる。

「……おや？　お香を焚いているのですか？」

部屋に入るなりグレオスがそう言った。やはり、この香は彼が準備したものではないらしい。

「べ、別にいいではありませんか」

「いいえ、よくありません。小屋を出る時にお香を焚いたままにしておいては危険です。今後、こういうことがないように」

グレオスが厳しい口調で注意する。リラは消え入りそうな声で「すみません」と呟いた。

「それより、リラさん。僕になんの用でしょう？」

（え？）

ネーヴァは目を瞠る。ちらりと横目でシモンを見ると、彼もまた不可解そうな表情を浮かべていた。

グレオスに呼び出されていたのはリラのはずだ。それなのに、これでは逆である。

「そ、それは、その……！　用があるのは代表のほうですよね？」

「……え？　弟のことで相談したいとおっしゃったのはあなたでは……、……っ？」

　突然、グレオスが頭を押さえる。その瞬間、リラの口角が上がるのをネーヴァはしっかりと見た。

「つ、頭がくらくらと……。こ、これは……？」

　グレオスの声が震える。それから数秒後、彼はリラを押し倒した。

「きゃあああ！　代表、おやめください！」

「あ……っ、ク――。ハァ、は……」

　グレオスは荒い息を吐きながら、リラの両手首を押さえて彼女の上に覆い被さっていた。

「代表、やめてください！　私は人妻です！　どいてください！」

　リラが大声で抗議するが、グレオスは彼女の上からどかない。

　しかも彼の手がリラの服を摑み、脱がそうとした。リラに促されたのではなく、グレオス自身の意図で彼女の服を剝《は》ぎ取ろうとしているのは明らかである。

「やめてください、代表！」

　そうリラが言った次の瞬間、シモンが棚の後ろから飛び出した。グレオスの首に腕を回し、頸部《けいぶ》を圧迫する。グレオスの顔がみるみるうちに赤くなっていき、がくりと動かなくなった。

　間近でその様子を見ていたリラが青ざめる。

「え？　まさか、死んだ……」

「失神させただけで、すぐに気がつくだろう。集落の外にいる騎士に渡してくる」

シモンはグレオスを横抱きにする。手が塞がっているので、ネーヴァは小屋の扉を開けた。彼が出ていったあと、リラに声をかける。

「大丈夫ですか？」

彼女の胸元ははだけていた。よほど強い力で服を掴まれたのか、布がぐしゃぐしゃになって皺ができている。

ネーヴァは彼女の身体を起こして背中を撫でた。一連の出来事には不可解な点も多いが、彼女がグレオスに襲われそうになったのは事実である。

「もう大丈夫です。ああ、びっくりした」

リラはほっとした表情を浮かべている。それは助けられたことよりも、グレオスが死ななかったことへの安堵にも見えた。

「代表の身柄はこちらで預かります。そして、集落の皆さんに対してですが……」

「監査員様が代表を抱えて歩いていったのは、一部の民には見られていると思います。ですので、皆には代表が体調を崩してしまったと説明します。代表がこんなことをしていたなんて民たちが聞いたら、きっと動揺するでしょうから」

「そうですね。とりあえずは、それで」

気を失ったグレオスの姿が目撃されても、この小屋でなにがあったかまでは知られていない。そして、精霊地区の代表の不祥事というのは民にとってかなりの衝撃となる。清廉潔白の印象が強いグレオスなら、尚更だろう。

集落の民の精神を不安定にさせるのは、精霊省としても望まない。今のところ、リラも吹聴するようには思えなかった。

そんな彼女がネーヴァに声をかけてくる。

「あの、監査員様。お願いがあるのです」

「なんでしょう?」

「代表のことなのですが、罪に問わないでほしいのです。あの人も代表という重圧に耐えかねてこんなことをしたのだと思います。ここはどうか穏便に収めて、代表の座を剥奪し、この地区からの追放だけで済ませたいです」

「それは……被害者であるリラさんが望むのでしたら、最大限配慮します。真実をありのままに話すことが、精霊地区のためになるとは思えませんし」

日常的に犯されて子ができる恐怖に怯えていたにしては、リラはかなり寛大だと思う。しかも、グレオスの措置についてすらすらと話していた。まるで、事前に考えていた内容を話しているみたいだ。

「とりあえずは、私の夫が代表代理になります。折を見て、代表は症状が重く復帰が難しいと民に説明し、夫が代表に就きます。私たちはずっと代表の仕事を手伝ってきたので、大丈夫です！」

「……ええ、わかりました」

ネーヴァはこくりと頷く。すると、小屋に副代表がやってきた。

「リラ！　大丈夫か？」

副代表がリラに声をかける。

「副代表。どうしてここに？」

彼はリラがグレオスに犯されていた事実は知らないはずだ。なぜ、この場に来たのだろうか？

しかも彼は「大丈夫か」と口にしていた。この作業小屋でなにか起きていたことが前提の台詞である。

「あなた！」

リラが強い口調で副代表を窘める。すると、彼は黙りこんだ。

「さっき代表がここで倒れたから騒ぎになったのよ。あなたはきっと、この小屋から代表が運ばれていくのを見たと誰かから聞いてやってきたのよね？」

「……あ、ああ。そうだ」

しどろもどろになりながら副代表が答える。その様子があからさまに怪しくてネーヴァは眉根を寄せた。

「副代表。目の前で代表が倒れてしまい、リラさんはかなり衝撃を受けているようです。わたしはこれから代表の介抱に向かいますので、リラさんをお願いします」

「は、はい。もちろん」

副代表がリラの肩を抱く。ネーヴァは「失礼します」と言い、集落の外に出た。ちょうど、都市に向かって馬車が走り始めており、シモンがそれを見送っているところだった。

「閣下。代表は……」

「先程目を覚ましたが酷い興奮状態だ。とりあえず拘束して騎士と馬車に乗せた。私たちも宿に戻ろう」

「はい」

昨日と同じように二人で馬に乗る。しかし、あのようなことが起きた直後なので、甘い雰囲気にはならなかった。むしろグレオスとリラのことで頭がいっぱいである。

ネーヴァは先程、副代表が小屋に来た時のことを話した。

「……なるほどな。普通に考えれば今回の件は副代表夫妻の仕業だろう。代表が小屋に入った直後の会話も彼女から聞いていた話と齟齬《そご》があった。詳しく調査しないことには決めつけられないが、私の目には代表が罠《わな》にはめられたように見える」

「わたしもです。でも、代表がリラさんを襲ったのも事実です」

どう考えてもリラが怪しい。

とはいえ、グレオスはリラを押し倒して彼女の服を脱がそうとした。監査員として、代表がとった行動は見過ごせない。

「双方から情報を得る必要がある。代表が落ち着き次第、話を聞こう」

「はい」

そうして隣の都市にたどりついた。馬車の中でも興奮状態が続いていたグレオスは気を失っているようだ。

ネーヴァたちが泊まっているのは、この都市で一番立派な宿だった。大臣一行が仕事のために宿泊するのだから、当然いい宿を手配する。

宿の入り口には厳《いか》つい従業員がいて、不審者が入らないように見張っていた。各部屋の防音もしっかりしているから、部屋の中で仕事の話をしても廊下には漏れない。

それだけでも十分だが、さらに万全を期すために監査の際には最上階を丸々貸し切っている。

よって、同じ階の空いている部屋にグレオスを運ばせた。見張りを騎士に任せてシモンたちは自室に戻る。

翌朝、グレオスの状態について騎士から報告を受けた。

夜中に目が覚めた時も興奮状態が続いていたが、線の細い彼が騎士相手に敵《かな》うはずもなく、特に問題なく制圧できたらしい。しかし、覚醒と気絶を繰り返したため体力的な消耗が激しく、朝になった今も眠り続けているようだ。

「起こしますか？」

騎士に聞かれたシモンは即座に否定する。

「いや、寝かせておけ。我々は一度精霊地区の様子を見てくる。代表への聴取は戻ってからだ。ネーヴァ、いいな？」

「了解です。代表不在でどうなっているか心配ですから、優先順位は精霊地区ですよね」

ネーヴァたちは手早く身支度を整え、精霊地区へと向かう。

(代表は体調を崩したことになっているはずだけど……)

集落の民たちはさぞかし代表を心配しているだろうと思った。しかし、いざたどりついてみれば、民たちの顔がどこか明るく見えたのである。

ネーヴァたちの姿を見ると、「代表は大丈夫ですか？」と心配そうに声をかけてくるものの、元気な様子だ。

(倒れたって聞いただけでは、そこまで深刻にならないかもしれないわね。でも、代表が倒れた翌日なのに雰囲気が軽やかだわ)

精霊地区を包む空気に違和感を覚える。

今はまだ朝食の時間らしく、副代表とリラは食事中のようだ。シモンとネーヴァは民に案内されて本部へと向かう。

食堂に入れば美味しそうな匂いが鼻に届いた。皆が食べているものを見て、ネーヴァは目を瞠る。

「これは……」

今まで提供されていたものとは正反対の食事だった。もちろん朝なので量は多くない。それでもベーコンのような肉が皿に載っているだけで豪華に見える。スープの色も濃く、たっぷり具が入っていそうだ。

「おはようございます、監査員様」

食堂に顔を出したネーヴァたちに気付き、空の食器を下げていたリラが近づいてきた。

「おはようございます、リラさん。……今日はまた、食事の内容が全然違いますね」

「はい。代表が倒れたのはきちんと栄養が摂《と》れていないからだと、今朝《けさ》は精の出る食事を用意しました」

「なるほど」

食堂の中を見渡せば、皆美味しそうに食事を食べていた。自然と顔がほころんでいる。夕食を食べる際に浮かべていた顔とは大違いだ。

「お話があります。副代表と一緒に会議室に来ていただいても？」

「はい、もちろんです。少々お待ちください」

ちょうど副代表も食事を終えた頃合いだった。彼も自分で食器を片付け、一行は会議室へと向かう。

それぞれ適当な席につくと、まずシモンが口を開いた。

「集落の様子はどうだ？　代表が倒れたとあって、民たちは動揺していないか？」

「もちろん、昨夜は動揺していました。しかし、監査員様たちが隣の都市に運んでくれたので安心したようです。あそこには腕のいいお医者様がいますから」

副代表ではなく、リラのほうが質問に答える。

「なるほど。今朝の民たちの様子は？」

「代表を心配しておりますが、いつもよりもいい食事を提供したところ元気に食べていました。私が見た感じでは、代表を心配するあまり食欲がなくなった人もいないようです」

まあ、倒れたのは心配だとしても、民たちが信仰するのは精霊であり代表ではない。副代表もいる以上、精霊地区の生活に大きな支障が出ることはないので、民たちは大丈夫なようだ。

(代表が倒れたにしては皆の雰囲気が明るかったのも、朝からちゃんといいものを食べられたからなのね)

ネーヴァは先程感じた違和感の正体に納得する。

「食事だが、昼からはまた昨日のように戻すのか？」

「いいえ。やはり、きちんと食べないと心も弱ってしまいますから。代表がいない今、必要以上に気落ちしないように、食事はしばらくいいものを準備しようと思います」

「それがいいだろう。帳簿を見たかぎり、この精霊地区の収益なら食事を多少は豪華にしても問題はない」

シモンがそう言うと、リラと副代表は顔を見合わせて微笑む。精霊省の監査員にもお墨付きをもらったとして、堂々とお金をかけられることを喜んでいるように感じた。

「……ところで、昨日のことについてお話ししたいのですが、副代表は席を外してもらってもいいでしょうか？」

ネーヴァはちらりと副代表に視線を向ける。性被害は繊細な問題なので、詳細を知らない彼の前では事件について話さないほうがいいと思った。

しかし、リラが横から答える。

「あっ、いえ。実はあのあとすべてを夫に話しまして、事情は知っています。代表が不在になるので、夫は詳細を把握していたほうがいいだろうと思いまして」

「は、はい。俺も妻から事情を聞きました。いやあ、びっくりしましたよ」

ようやく副代表が口を開く。彼の額にはうっすらと脂汗が滲んでいた。しかし衝撃の事実を聞かされたわりには、間の抜けた口調である。

「代表についてだが、錯乱状態にあって詳しい話を聞けていない。これから都市に戻り、詳しく取り調べる予定だ。……副代表。貴殿は代表の処遇をどのようにすべきだと考えている？」

「俺は……その、兄さんがしたのは許されない行為だと思っています。ですが、重い処罰は望みません。集落の人たちが事件のことを知れば、それこそ混乱するでしょう。他の精霊に信仰を変えられたら収入が減ってしまいます。だから、皆には内緒で代表資格の剝奪と精霊地区からの追放ということで穏便に済ませたいです」

「それは、わたしが昨日リラさんから聞いたとの同じ内容ですね。お二人とも、そう望むと？」

ネーヴァが訊ねれば、二人揃ってこくりと頷く。

（……この人、自分の妻が日常的に襲われていて、さらに昨日も襲われそうになったにしては、すごく落ち着いて見えるのよね）

怒りも悲しみも見せない副代表の様子に強い違和感を覚えた。

「……副代表。代表について調査したいのだが、代表の部屋に入らせてもらえるか？」

シモンが切り出すと、副代表は困ったように眉根を寄せる。

「香りの精霊の掟で、本人の同意を得なければ部屋に入ることはできないのです。ですから、兄の許しがないかぎり無理です」

――そう。香りの精霊には他人の領域に勝手に侵入してはいけないという掟があるのだ。だから今回の監査も、どこかに行く時には必ず誰かに案内してもらっている。シモンやネーヴァの信仰する精霊にそのような掟はないけれど、精霊省の文官として相手の掟には最大限の配慮をすることになっていた。

「事件の調査に必要なことだ。私の精霊の掟では問題はないのだが、それでも無理か？」

シモンがすごむ。普通ならここで恐れて従ってしまいそうだが、副代表はやはり首を横に振った。

「む、無理です。そもそも兄は掟を他者に破らせないよう、自室を常に施錠して鍵を持ち歩いております。あの鍵がなければ、扉を壊さないかぎり部屋の中には入れません」

「……そうなのか。では、代表の部屋が施錠されているかを確かめても？」

「それは構いません。今、案内します」

そして、一行はグレオスの部屋へと向かう。

代表の部屋の扉は昨日見た時とまったく変わっておらず、壊されたような痕もなかった。ドアノブを回せば、きちんと鍵がかかっていることがわかる。

「……なるほどな」

開かない扉を眺めて、シモンは小さく呟いた。

「あの……なにか、問題でも？」

リラが訊ねてくる。

「いや、昨日の代表の様子が異常でな。怪しげな薬物を所持していないか調査したかっただけだ」

「そうですか」

シモンと会話をする彼女の表情をネーヴァは観察する。どこかほっとしているように窺えた。

「これ以上、事件に関してここで調査することはない。監査は引き続き行うが、まずは事件について処理をしたいので、我々は一度都市へ戻る。……副代表。代表不在で民たちが不安に陥らないように、よろしく頼む」

「……はい！　お任せください」

副代表は胸を張って答える。そして、ネーヴァたちは宿へと戻った。


宿に着くと、グレオスの目が覚めたと騎士から報告を受ける。

「そうか、具合はどうだ？」

「もう興奮状態にはありません。ですが、精神的にまいっているようです」

「わかった。我々が詳しく話を聞くから、ドアの外で見張りをしていてくれ」

シモンは騎士に命じると、グレオスのいる部屋に入る。ネーヴァもそれに続いた。

グレオスは青白い顔のまま椅子に座って俯《うつむ》いている。もう拘束はされていない。

「代表、身体の具合はどうだ？」

「少し気持ちが悪いですが、大丈夫です。話すのは問題ありません」

そういうグレオスの声は震えていた。本当に大丈夫なのか心配になってしまう。

「あの……集落の様子はどうなっていますか？」

「我々が見てきたが特に問題はない。貴殿は病に倒れたということになっている」

「昨日のことを知るのは当事者であるリラさんと、その夫である副代表のみです。ほかの民たちは知りません」

「そうですか……」

グレオスは少しだけほっとした表情を浮かべた。そんな彼に、自分の持っている情報を出さずにシモンが訊ねる。

「代表に話を聞きたい。昨夜、なぜあの小屋に来た？　詳しい経緯を話してくれ」

「昨日は夕食を食べてから弟と仕事の話をしました。それから部屋に戻ってすぐ、リラさんに弟について大切な相談があると呼び出されました。そして、あの作業小屋に連れていかれたのです」

その供述は昨夜小屋で彼が発言していた台詞と矛盾はない。とはいえ、自分のほうを被害者に見せるための狡猾《こうかつ》な芝居かもしれなかった。

　ネーヴァは心情的にはグレオス寄りだが、すべてを信じるわけにはいかない。嘘をついている可能性があると思いながら、事件を語る彼の表情を詳しく観察する。

「小屋に入ると、お香が焚かれていたので驚きました。無人の小屋にお香を焚いたままにしておくのはありえません。それを注意して、改めて彼女から話を聞こうとしたところ……急に頭がくらくらして。身体が熱くなり、抑えきれない感情がこみ上げてきました。そして、気がつけば彼女を押し倒し……」

　グレオスがぐっと唇を噛《か》みしめる。

「僕はなんという過ちを犯してしまったのでしょうか。自分でもなぜあのようなことをしたのか、わかりません。それどころか、僕は彼女にそういう邪《よこしま》な気持ちを抱いたことは一度もなかったのです。なぜ、僕は……」

「それについてだが、ここにいる彼女が副代表の妻から相談を受けている」

　シモンが視線を投げかけてくる。ネーヴァはリラから聞いたことを話した。

「リラさんは以前から代表に性的暴行を受けていたとおっしゃってます。一度あなたに襲われてから、夫にばらすと脅されて仕方なく行為に応じていたと」

「……！　なんですかそれは……！　僕は一度もそんなことをしたことがありません」

　グレオスの声は震えていたけれど、その瞳はまっすぐ前を向いていた。弱々しい声とは真逆の、真実を訴えるような強い眼差しである。

「昨夜のように、自分の意思とは関係なく襲ってしまったという可能性はありませんか？」

「ありません！　それに、僕は昨日の記憶がしっかりあります。過去に同じようなことがあったなら、はっきり覚えているはずです。なぜリラさんはそんな嘘をつくのでしょうか」

グレオスは本当のことを言っているように思える。しかし、ネーヴァたちの目の前で彼がリラを襲ったのは事実だ。

「リラさんは、代表との子を妊娠したらどうしようと悩んでいました」

彼女から言われたことを伝える。すると、グレオスの目の色が変わった。

「え？　僕の子を妊娠……ですか？」

「はい」

「それは不可能です。子供を作るもなにも、僕は三年前に男性器の除去をしたので生殖機能がありません」

「……！」

ネーヴァとシモンは顔を見合わせる。

「そのことを副代表やリラさんは知っているのですか？」

「いいえ、誰も知りません。三年前……父が健在だった頃、見聞を広めるための修行と称して僕は香りの精霊地区から旅に出ました。行き先は誰にも告げませんでしたが、実は白の精霊地区に行くのが目的だったのです」

「白の精霊地区……！　そこも、かなり大規模な精霊地区ですよね。そして、とても掟が厳しいところです」

白の精霊の掟は国内でも一、二位を争うほど厳しい。だからこそ、禁欲的な人からは絶大な人気を保っていた。

白の精霊は、依り代の手入れをする人間は去勢した男性でなければならないという掟を持つ。だから代表や副代表だけではなく、地区で上位の階級にいる男性はみな男性器を切除しているのだ。

もちろん、男性器の切除は命の危険が伴う。しかし、白の精霊地区は医学の研究が進み、今では去勢で命を落とす者はほとんどいなくなったそうだ。

他の精霊地区で、女性を犯した男性は去勢しなければならないという掟がある場所もあり、その罪人が施術のために連れてこられることもあるらしい。そのくらい、白の精霊地区の男性器除去施術は評判がよかった。

「代表。香りの精霊は去勢はもちろんのこと、そこまで己を律するような掟はなかったはずだ。なぜ、そのようなことをしようと思った？」

「僕がそうしたかっただけとしか言い様がありません。もともと性欲は薄いほうでしたが、たまに少しだけこみ上げてくる邪な欲求をとても煩わしく思っていました。父がそれほど長くないと聞いた時、自分が代表になる前にこの醜い欲求から解脱して、清らかな身で誠心誠意香りの精霊に使えようと決意したのです」

「そうか……」

グレオスは質素な生活を送り、禁欲的な印象のある男性だった。それがまさか、男性器を切除するまで強い意志を持っていたことに驚きを隠せない。

もっとも、彼の場合はそこまでして精霊に使えることこそが最大の喜びなのだろう。

(どうりで女性らしい雰囲気を持つ人だと思ったわけね)

グレオスから感じていた中性的な印象の理由がわかる。しかし、シモンは言葉での説明だけでは納得しないようだ。

「代表。私が男性器の有無を確かめても?」

「はい、もちろんです」

ネーヴァは彼らに背を向ける。背後から衣擦《きぬず》れの音が聞こえてきた。しばらくして、「もうこちらを向いても大丈夫だ」とシモンに声をかけられる。

「確かに彼には男性器がない。私が確認した」

シモンが断言した。咄嗟に隠せるような器官でもないし、間違いないだろう。

「性的暴行というのは色々な方法がある。手や道具を使って被害者を辱める術《すべ》もあるだろう。しかし、妊娠するような行為には男性器が必要不可欠だ。副代表の妻は悲壮感を出そうとして墓穴を掘ったようだな」

どうやらシモンの中で天秤《てんびん》は傾いたようだ。もともとリラの言動には不可解な点が多かったので、ネーヴァもグレオスの主張のほうが正しいと考える。

「しかし、問題はなぜ代表が彼女を襲ったかだ。薬かなにかを盛られたと思うのだが、それを立証できなければ、副代表の妻を詰めようが妊娠うんぬんは言葉のあやだったと言い逃れられてしまう」

「それなんですけど、わたしはあのお香が気になります。わざわざ焚いてありましたし、お香に仕掛けがあったのかも」

怪しいのはあの香だ。だが、当のグレオスが首を横に振る。

「あのお香はリラさんが個人的な趣味で作っているものです。僕も何度か嗅いだことがありますが、その時はなにも起きませんでした」

「個人的な趣味ということは、あのお香は売っていないのか？」

「はい。香りの精霊を信仰する民にとって、一番好きな香りは依り代の香りです。お香は弱い香りのほうが人気があり、あのお香は匂いが強すぎて需要がないのです。それでもリラさんは気に入っているようで、自分用として作っているようでした」

確かにあの香はとにかく香りが強く、独特の癖があった。決して一般受けするような品ではない。

シモンは紙に包んだ香を取り出した。昨日、作業小屋で拝借したものだ。

「昨夜焚かれていたのは、この香で間違いないか？」

「はい、そうです。間違いありません」

香を見ながら、グレオスがはっきりと答える。

「それでは、焚かれていたお香に催淫効果のあるなにかが混じっていた可能性は？」

「それもないと思います。お香作りはとても繊細ですから、万が一違う物質が混入していた場合、香りが変わります。僕が嗅いだあの香りは、いつもリラさんが作っているものと同じでした。間違いありません」

「……そうだな。あのお香に催淫効果を誘う効能があるのなら、あの場にいた私と彼女もなにかしらの影響があったはずだ」

「それもそうですね」

ネーヴァとシモンは、グレオスたちが来る前から小屋にいた。小屋の中にはあの香が充満していたのだから、彼がおかしくなる前に自分たちに影響があるはずだ。

香への異物混入は不可。万が一入っていたとしても、シモンになんの影響もなかったので、香が原因という説は二重に否定される。

「あのお香はとても怪しいのですが……うーん」

どうしても気になってしまう。ネーヴァはあの香が理由もなく焚かれたとは思えない。

「香の件は保留にしておく。別の線を考えてみよう。あの日の夕食は代表と一緒に配膳の列に並んだが、特におかしい様子もなく、代表の食事に薬物を混入させるのは不可能だと私は推理する」

シモンの考えにネーヴァは頷いて同意する。

代表の食事だけ別に用意されているならまだしも、他の民と同じものを配膳されているし、彼が並ぶ順番だってわからない。取りわける時も、代表だからといって配膳者が特定の品を選んだようには見えなかった。

「代表。食事のあとになにか口にしたか？」

「はい。部屋に戻って、身を清めるための酒を飲みました」

「代表がその酒を飲んでいることは、副代表とその妻は知っているのか？」

「もちろんです。僕になにかあった際には弟が代表になりますので、きちんと伝えてあります」

グレオスしか口にしないものがあり、それをリラたちが知っている。ならば、今度は酒が怪しく思えてくる。

「もしかして、そのお酒を飲む時間も決まっているのですか？」

「はい。僕はお酒がそこまで強くはなく、空腹時に飲むと具合を悪くしてしまうので、必ず夕食の直後に部屋に戻って飲んでいます」

「それを飲み終わったあと、リラさんに呼び出されたのですね？」

「はい。……そういえば、なぜか昨日は日課のお酒は飲んだのかと確認されました」

「閣下。お酒に性的興奮を催すような薬が混入されていたのではないでしょうか？」

ネーヴァはこれだと思ったが、シモンの表情は曇ったままだ。

「貴殿の酒に誰かが薬を混入させるのは可能か？」

「無理ですね。あの酒は常に部屋に置いていて、外に持ち出したりはしません」

「貴殿の不在時に、何者かが部屋に侵入する可能性は？」

「香りの精霊の掟に誓って、それは絶対にありえません。それ以前に、部屋の鍵は僕が持ち歩いているこれだけです。合鍵もなく僕の部屋に入るには、扉を壊すしかありません」

そう言ってグレオスはポケットから鍵を取り出す。副代表たちから聞いた内容とまったく一緒だった。

「確かにあの扉には壊したような様子もなかった。副代表夫妻のように立場のある人間が掟を破る可能性も低いだろう」

シモンが腕を組みながら思考にふける。

「最近、室内に誰かを招いたりしたか？」

「いいえ。昨日監査員様たちを招いた以外は、僕の部屋に誰かが来たなんて……ここ一年は記憶にありません」

これで、誰かを部屋に招いた時に隙を見て薬物を混入させたという可能性もなくなった。

「閣下。あのお酒に薬を混ぜるとしたら、それまで飲んでいたお酒が空になり、新しいお酒を用意する時でしょうが……」

「代表が飲んでいたあの酒は、半分ほど減っていた記憶がある。あの酒は昨日開けたばかりではないだろう？」

シモンの問いかけにグレオスが頷く。

「はい、二週間前に新しく開けたものです。もちろん、この二週間の間におかしくなったことはありません」

「蓄積される種類の薬物を使うにしても、目分量で酒を注いでいるなら飲む量は毎日差が出てきます。小屋に呼び出した時にちょうど反応が起きるようにするのは不可能に近いですよね」

酒も怪しいというのに、なにかを混入させるのは難しそうだ。しかも、本人であるグレオスがとどめをさす。

「僕は香りだけでなく味にも敏感です。毎日飲んでいるものになにか入れられていたら、すぐに気付きます」

「そうですか……」

これでもう、酒になにかが入っていた可能性はなさそうだ。

「お香もお酒も怪しいのに、どちらも異物の混入はなさそうなんて……」

わざわざ焚かれていた香。

さらに、リラはわざわざ「きちんとお酒は飲んだのか」と訊ねていた。

——これらに意味がないなんて思えない。

「あの時、僕は突然おかしくなってしまったのでしょうか……」

グレオス自身も見当がつかないようで、弱々しい声を上げる。そんな彼を見ながら、シモンは腕を組んで考えていた。

「香に酒。どちらも怪しいが、それ自体に問題はなそうだ」

「両方が必要だったとしか考えられないのに……」

「二つとも必要か……。……ん？　待て」

眼鏡の奥で赤い瞳がきらめく。

「もしや、香と酒に相乗効果があるのではないか？」

「ひとつひとつは特別ではないけれど、二つ揃って効果を発揮するということですね。ありえるかもしれません」

ネーヴァは目を瞠った。

たとえば、特定の薬を服用している時に食べてはいけない果物がある。摂取してしまうと、薬はたちまち毒になってしまうのだとか。

また、とあるキノコを食べたあとに煙草《たばこ》を吸うと、煙をとても苦く感じるという話も聞いたことがあった。

――ならば、特定の酒を飲んだあとに特定の香を嗅ぐと、特殊な効果が生じるのではないか？

可能性としては十分ありえる。今回の件、酒と香は両方とも必要な存在に思えた。

「代表。あの酒を飲んだあと、この香を嗅いだ経験は？」

シモンはさっそく確認する。

「いいえ、ありません」

「試してみる価値はありそうだ。あの酒はこの近くで売っているものだな？」

「はい。この都市ならどこでも買える安い酒です」

それを聞いて、シモンは立ち上がった。

「ラベルを覚えているから私が買ってこよう。君は引き続き、代表から話を聞いておいてくれ」

そう言うや否や彼は颯爽と部屋から出ていく。残されたネーヴァはグレオスに訊ねた。

「可能性はあると思いますか？」

「わかりません。ただ、弟はあのお酒について『安くてまずいのに兄さんはよく飲めるな』と言っていたのですが、同じお酒を買っているのを何度か見かけました」

「それは……」

まずいと思っている酒をあえて選ぶ理由はなんだろうか？　安さ以外の理由がある気がする。

（お香とお酒のからくりが正しいと仮定して、副代表たちはなにかの偶然で相乗効果を知った。精霊省の監査員の目の前で代表を催淫して自らを襲わせることで、代表をその座から降ろし、自分たちがこの精霊地区を支配しようということ？）

ネーヴァは推測を立てる。

日常的に暴行されていたはずのリラと、その夫である副代表。彼女たちは怒るどころか、加害者である代表を罪に問わずに穏便に収めるように願った。

もしかして、グレオスに濡れ衣を着せた罪悪感からではないだろうか？

代表の座を剝奪したいが、処罰を与えたくはない。そんな中途半端にぬるい気持ちが透けて見える。

「ちなみに、副代表は代表の座を狙っている節はありましたか？」

「僕が代表になる前は、自分には代表なんて絶対に無理だと言っていました。しかし、ここ最近の弟は僕の方針に口を出すようになってきました」

「具体的になんと言われましたか？」

「ケチすぎる、もう少しお金を使うべきだ、と……」

なるほどとネーヴァは頷いた。

辻褄《つじつま》は合う。グレオスの節制ぶりに嫌気が差し、ここから追い出そうとしたのだろう。

(まあ、詳しいことは本人の供述を聞くことにして、まずはお香とお酒で強力な催淫効果が出るかどうかよね)

ネーヴァはテーブルの上の香を見た。この推測が間違っていたら、また振り出しに戻ってしまう。

それからしばらくして、シモンが酒を持って返ってきた。グレオスにラベルを見せて確認する。

「代表、こちらで間違いないな？」

「はい、これです」

「わかった。では、我々は一度失礼する」

シモンは香を持つと、ネーヴァに視線を向ける。

「それでは、失礼します」

代表を軟禁している部屋から出ると、扉の前で見張っていた騎士が入れ替わりに中に入る。

「とりあえず、私の部屋へ」

「はい」

ネーヴァはシモンに従い、彼の部屋へと入った。

第四章　前の夫が知らない奥まで

テーブルの上にリラ特製の香とグレオスの飲んでいる酒を置くと、シモンは腕を組んだ。

「……さて。本来なら宮廷薬師に詳しく調べさせたいが、ここから王都は遠い。何日もここに滞在するわけにはいかないし、またこの場所に来るにも時間がかかる。しかるべき推測が立っているならば今回の監査中に解決したい」

シモンは仕事を先延ばしするのが嫌いだ。監査期間中に片をつけたいのだろう。

「効果を試すには使うしかないが、代表で試すのは酷だな。顔色が悪すぎる」

「そうですね……」

精神的なものか、それとも催淫効果の副作用か。グレオスの頬はこけていて、今にも倒れそうだ。彼で試そうという気は微塵も湧いてこない。

「むしろ、代表以外の第三者でも効果があると実証したほうがいいですよね」

「その通りだ。しかし、騎士にも使いたくはない。代表でさえあそこまで豹変《ひょうへん》したのだ。男盛りの騎士に使おうものなら、どうなるか……」

今回の監査に同行している騎士たちは二十代から三十代だ。しかも、騎士は色を好む者が多いと聞く。そんな騎士を興奮させたら、他の騎士とシモンだけで制圧できるだろうか？

（わたしが襲われるのは嫌だけど仕方ないわ。でも、万が一に制圧できなくてこの宿の外に逃がしてしまったら、無関係の女性が被害に遭うかもしれない）

そうなった場合は騎士と被害者、双方の人生を台無しにしてしまう可能性がある。

男性器を切除したグレオスにも強い性衝動が起きたことをふまえれば、とてもではないが騎士で実験しようとは考えられない。

「それに、これほど強力な催淫効果を持つ薬の存在をわたしは聞いたことがありません。騎士に使って第三者に情報が漏れたら、それはそれで大変なことになる気がします」

彼らの騎士としての仕事ぶりは信頼しているけれど、この監査が終わったあと、何気ない世間話の中で今回の香と酒のことをうっかり口にしてしまうかもしれない。

強力な催淫効果があるとしたら、存在は隠すべきだとネーヴァは思う。

「そうだな。本件の報告書には、具体的になにを用いたかまで記すつもりはない」

シモンもネーヴァと同じ考えのようで、大きく頷いた。

「副代表たちを詰問する前に、実際に我々が試していたほうがいいだろう。しかし私が試したら、間違いなく君を襲うはずだ」

「副代表も目の前にいたリラさんを襲っていましたしね。閣下をあらかじめ拘束しておくにしても、閣下なら縄を千切れそうですし……」

文官とは思えないほどシモンは逞しい。体術にも長《た》けていて、グレオスを一瞬で失神させた。

彼と自分、どちらが催淫効果を試すべきかは明らかである。

「……わたしが試すのが一番いいですね」

ネーヴァはそう結論づける。

「無理強いはしないが、いいのか？」

「それ以外の選択肢はないかと。第三者で実験するわけにもいきませんし、これも仕事と割り切ります。その代わり、わたしが変な行動を起こしたら閣下がなんとかしてくださいね」

「もちろんだ。私に任せろ」

シモンがそう言い切るのだから信頼できる。昨日の作業小屋のように失神させるなり、拘束するなりしてネーヴァを押さえてくれるだろう。いくらネーヴァが暴れても、きっと彼のほうが強い。いざという時は扉の外に騎士がいる。

シモンは宿の従業員に香炉を準備させ、水桶やタオルも持ってこさせた。最上階を丸々貸し切っている上客なので快く対応してくれる。

（わたしにどんな反応が起きるかわからないから、興奮して舌を噛んでしまわないようタオルも準備させたのね。さすが閣下、頼りになるわ。……でも、水桶はなにに使うのかしら？）

ネーヴァはすっかりシモンを信じきっていた。

すべてを整えて宿の従業員が退出したあと、シモンは内鍵を閉める。もちろん、騎士には「こちらから声をかけるまで絶対に部屋に入るな」と言付けていた。

「では、いきますか。先にお酒を飲みます」

ネーヴァはグラスに酒を注ぐ。つんと、独特の濁った香りが鼻をついた。酒の質があまりよくないことが匂いだけでわかってしまう。

口に入れてみれば、とにかく酒気が強かった。甘みや辛みというような味も感じない。がつんと酒気がきて、とげとげしく感じた。まさに悪酔いしそうな酒で、代表はよくこれを毎日飲めたものだと感心してしまう。

（濃いオレンジジュースで割れば飲めそうよね）

そんなことを考えつつ嚥下《えんか》すれば、喉がかっと熱くなった。ネーヴァが飲みこんだのを見たシモンは香を焚く。

しばらくすれば香炉から煙が立ち上がり、あの匂いが鼻に届いた。すうっと、ネーヴァは深呼吸する。

（本当に効くのかしら？）

強力な催淫効果は怖いけれど、なにも起きないほうが嫌だ。代表が無理矢理催淫させられた証拠を見つけられなければ、「リラを襲った」という紛れもない事実がある以上、リラの思惑通りに物事が進んでしまう。

どきどきしながら効果を待てば、ふと頭の中にもやがかかった気がした。

「ん……」

くらりと視界がゆがんでたたらを踏む。

「どうだ？」

声をかけられシモンを見れば、どくん、どくんと痛いくらいに胸が早鐘を打った。身体が熱くなり、じわりと肌が汗ばむ。

(この人を、襲いたい……)

普段のネーヴァであれば、絶対に思わないであろう感情がこみ上げてきた。目の前にいる異性を押し倒し、貪りたいとさえ思ってしまう。

細身の自分が長身で筋肉もある異性を襲うのは物理的に無理がある。しかし、それでも彼に飛びつきたくて仕方ない。

つきんと腰が疼《うず》いた。ネーヴァに男性器はないにもかかわらず、下腹部でなにかか勃ち上がるような幻覚を覚える。堪《こら》えきれない欲望が鎌首をもたげた。

「か、閣下……っ」

ネーヴァはふらふらとシモンに近づき、彼の肩を摑んだ。

「こ、これ……すごいです。本当に効果があります」

ぐっと手に力をこめれば、なぜかシモンは力を抜き、後方のソファに背中から倒れこむ。ネーヴァは彼の顔を挟むようにして両手をつき、覆い被さった。

押し倒されたまま、シモンは冷静に訊ねてくる。

「今の状況を詳しく教えてくれ。どんな気持ちだ？」

ネーヴァが普通の状態でないことは彼もわかっているはずだ。それでも、押し倒されたところで彼はなんともない。ネーヴァなんていつでも制圧できるから余裕の態度である。

理性が焼き切れそうなのに、貪欲に情報を得ようとする彼が憎たらしくて仕方ない。

「とにかく、閣下を襲いたくてたまりません。……っ、包み隠さず言いますが、閣下にまた がり腰を振りたいと。頭の中はそれしか考えられません。女性の意思だけでは性交ができないと頭で理解していても、身体がいうことを聞かないのです。はぁ……、ん、おそらく、男性器のない代表も同じような気持ちだったのでしょう」

「なるほど。他には？」

「鬼ですか……」

ぽつりと呟く。

強い性衝動を抑えるのがつらすぎて、今すぐにでも失神させてほしかった。それなのに、まだ効能を知りたいとは。

「閣下を抱きたいですが、閣下の男性器を舐《な》めたいとも思ってます。とにかく、いやらしいことをしたくて頭の中がいっぱいです」

これも仕事だと、淫らな願望を正直に話す。

じわりと、下着が湿り気を帯びるのを感じた。かくかくと、盛りのついた犬みたいに腰が揺れる。ずいぶんと間抜けな姿だが、ここまで見せたらシモンにも効能が伝わるだろう。

「承知した。酒と香の因果関係は立証された。これをつきつければ、副代表の妻も言い逃れはできないだろう」

「……はい」

ようやく終わると、ネーヴァはほっと胸を撫で下ろす。

押し倒されたままのシモンはネーヴァを押し返し、むくりと起き上がった。

「制服を汚したり、皺をつけてはいけない。脱がすぞ」

「え？」

シモンはネーヴァの服を素早い手つきで脱がしていく。

大臣衆の酒の席において、若いほうである彼は飲みすぎた先輩の介抱に徹することも珍しくないと聞いたことがあった。酔っ払いを脱がすのに慣れているのだろう。

ネーヴァは彼にされるがまま制服を剝ぎ取られていく。

綺麗に失神できればいいが、意識を失う際には嘔吐《おうと》や失禁の可能性もある。ましてや、代表が飲み慣れていたあの酒をネーヴァは初めて飲んだ。失神の際、粗相してしまうかもしれない。

だからこそ、彼は制服を汚さないように脱がしてくれるのだろう。そこまで考えてくれるとはさすがシモンだ。

異性に服を脱がされるのは恥ずかしいものの、頭がほわほわして抵抗しようという気にもなれないし、逆に制服を汚す必要がないことに安心してしまう。

いつの間にか下着も剝ぎ取られていたが、それも彼の親切心ゆえだと思いこんだ。催淫効果のせいで、思考回路がおかしくなっているらしい。

全裸になったネーヴァの目の前で、今度はシモンが脱ぎ始めた。

「へ……？」

失神させるには、昨日のようにネーヴァの首に腕を回して締める必要がある。ネーヴァが粗相すれば、彼の制服を汚してしまう可能性もあった。だから、彼も脱いでいるのだろう。

(閣下、いい身体をしてる……)

制服の下に隠されていた肉体が露《あら》わになる。そのしなやかな筋肉に目を奪われた。四十とは思えないほど引き締まっている。

それどころか、腹筋が六つに割れていた。かなり身体を鍛えているのではないだろうか？

「……」

ネーヴァは呆《ほう》けながら彼が脱いでいくのを見る。下腹部が疼き、今にも彼に飛びかかりたくて仕方なかった。

すべて脱ぎ終えたシモンはネーヴァの手を取ると、ベッドへと引っ張っていく。

「え？　……ん？」

大きなベッドの上にシモンは仰向《あおむ》けになり、その上にネーヴァが覆い被さる体勢となった。先程のソファと似たような状況だ。しかし、今は二人とも全裸である。

「閣下……？」

失神したあと、床に倒れると怪我をしてしまう可能性があるからベッドに移動したのだろうか？　それにしては、彼のほうが下になっているのは不可解である。

「閣下、んっ、早く……なんとかして……」

再びシモンに覆い被さる体勢となり、今度こそ彼を襲いたくなってしまった。手遅れになる前に失神させてほしいと彼に懇願する。

「ああ、もう大丈夫だ。好きにしたまえ」

「……え？」

「私を抱きたくて仕方ないのだろう？　私は構わん。好きにしてくれ」

「は？」

いつものネーヴァらしからぬ、地を這《は》うような低い声を上げてしまった。怒っている時のシモンみたいに眉間に深い皺を刻んでしまう。

「冗談はやめてください。失神させるなり縛るなりして、わたしを制圧してください」

「失神させるといっても、あれは気道を締めるのだから一歩間違えば命を落とすぞ？　しかも君の首は細すぎる。首の骨が折れてしまうかもしれない。代表は男だから大丈夫だったのだ」

「ひっ……首の骨が……？」

さあっとネーヴァの顔が青ざめた。昨夜はグレオスを手際よく失神させたのでシモンなら簡単にできると思っていたが、どうやら危険な手法だったらしい。

「それに、縛ったとしても催淫効果が薄れるわけではない。男を押し倒すほどの衝動を我慢させられるほうが、よほどつらいのではないか？　抗《あらが》わず、私を好きにするほうが君も気持ちいいだろう」

「閣下、なにをおっしゃるのですか。冗談がすぎます」

「冗談ではない。君のために勃てている」

「はぁ？」

ネーヴァは彼の下腹部に視線を落とした。すると、シモンのものが勢いよくそそり勃っている。年を取ると角度がゆるやかになると耳にしたことがあるが、熱杭《ねっくい》は彼の腹につきそうなくらい元気だった。

「……っ？　お、大きい！」

ネーヴァは昔の夫の男性器しか知らないが、記憶にあるそれより大きさも太さも一回り上だった。他人と比べるなんて失礼極まりないと思うが、酒と香の効果で頭の箍《たが》が外れてしまい、思ったことを素直に口にしてしまう。

それくらい彼の大きさが衝撃的だった。

「褒めているのか」

「いえ、違います。……っ、はぁ。本当に……いい加減にしてください。もう、我慢できそうになくて……このまま腰を下ろしそうになって……」

身体を支えている腕がぷるぷると震える。触れてもいない秘処がじんじんと疼いていた。今すぐ、腰を下ろして彼のものを受け入れたくて仕方がない。

「私は問題ない。むしろ大歓迎だ」

「……っ」

「しかし、いきなり挿入というのは女性の身体に負担がかかるはずだな。私は性交渉の経験がないが、侯爵家の跡取りとして閨《ねや》教育は受けている。……ふむ。確か私のものを咥《くわ》えたいと言っていたな。よろしい、そうしよう」

「は？」

シモンは腕の下から抜け出すと、ベッドサイドに眼鏡を置いてから身体の上下の向きを変える。そして、ネーヴァの顔の前に下腹部がくるようにし、彼の顔がネーヴァの脚の間にきた。

互いの顔の前に性器があるという、とんでもない体勢だ。

「……っ！」

猛々《たけだけ》しい彼のものを目の前に差し出されて、衝動的に口に含みたくなる。

ネーヴァ自身も同じように彼の前に秘処をさらけ出しているのだと思うと、いたたまれなくなった。

「……なるほど、ここはこうなっているのか」

シモンが話すと、吐息が蜜口をくすぐる。ぴくりと腰が揺れた。

「やぁっ……。そこで話すのも、んっ、観察するのもやめてください……！」

「却下する」

「ひっ」

彼の指が伸ばされ、ふっくらとした花弁を左右に開く。うっすらと濡れた桃色の粘膜が露わになった。

「やっ……！」

恥ずかしいけれど、左右に拡《ひろ》げられる感覚が気持ちいい。彼の目の前で蜜を滲ませる。

羞恥心は徐々に快楽へとすり変わっていった。おそらく、これも酒と香の効果だろう。

「なんて、いやらしい器官なのか……」

そう呟きながら、シモンはぺろりと媚肉《びにく》に舌を這わせる。

「ああっ！」

舐められると、稲妻に打たれたように身体が痺《しび》れた。びくびくと腰が震える。

「ふむ。奥から蜜が溢れてきたな」

「あっ……、んっ、はぁ……」

彼の舌が淫猥《いんわい》な音を奏でながら、蜜口を蹂躙《じゅうりん》してくる。花弁を舐め回したかと思えば、隘路《あいろ》に差しこまれたりもした。熱くざらついた舌に秘処を刺激され、ぞくりとしたものが背筋を走り抜ける。

（こ、こんな……。舌がこんなに気持ちいいなんて……）

信じられないとネーヴァは思った。

前の夫はそこを指で慣らしてくれたことはあれど、舐めてくれたことは一度もない。だから、普通は秘処を舐める行為をしないのだと思っていた。

それなのに、シモンは遠慮なくそこを嬲《なぶ》ってくる。

「ひうっ、ん……！　駄目です、閣下！　そんな場所を、舐められるのは初めてで……ぅ、おかしくなっちゃう……」

涙声で懇願すれば、彼の舌の動きがさらに激しくなった。

「ひあっ！」

「初めてなのか？　君のここを舐めるのは、私が初めてなのかっ？　……ッ、はぁ――。そんなことを言われたら余計に興奮するだろう」

「あああっ！」

強く吸われて柔肉が彼の口内に誘われる。歯が軽く触れると、なにかの糸がぷつりと切れてしまった。

「……っ、あ、あ――！」

初めての口淫に溺れ、ネーヴァは軽く達してしまう。

ぎゅっと蜜口が閉じ、しばらくしてから蜜を溢れさせつつ肉ひだがわなないた。彼の唇を押し当てられたまま、そこはひくひくと震えている。

「今のは絶頂というものか？　催淫効果で感じやすくなっているのか？　それとも、君がことさらに敏感なのか？」

そう言いながらシモンは細長い指をひくつく蜜口に差しこんでくる。

「ひあっ！」

絶頂の余韻が残っている秘処に入りこんでくる肉の感触に、ネーヴァは目眩《めまい》を覚えた。

「熱く、柔らかい……！　指だけでこんなに気持ちいいとは……」

ぶるりと、ネーヴァの目の前で彼のものが大きく震えた。先端には透明な滴が滲んでいる。

(——舐めたい……)

吸い寄せられるように、ネーヴァは目の前の剛直をぱくりと咥えた。その瞬間、口内で彼のものが跳ねる。

「……ッ、く……」

シモンの声に艶が交じった。彼のものは大きすぎて、半分ほどしか咥えられないけれど、口内を満たす熱い肉杭の感触にネーヴァは嬉しくなる。

(なにこれ、美味しい……)

特別な味はしないはずなのに、今のネーヴァにはそれがとても美味しく思えた。肉杭に唾液を絡ませながら顔を上下し、思いきり吸い上げる。

「ッ、は……。好きにしていいと言ったが……ン、まさか、こんなに刺激が強すぎるとは」

シモンの声は少し苦しそうだ。それでも、彼の指はネーヴァの内側を探るように動き続けている。

「ここも赤く腫《は》れている。なんだ、このかわいらしい突起は」

指を差し入れながら、彼は蜜口の少し上で赤く熟れた花芯を舌先で突いてきた。女性の身体の中でも一番敏感な部分に触れられて、ネーヴァは悦楽にさらわれる。

「んうっ」

彼のものを咥えたまま、くぐもった声を漏らした。細長い指をきゅっとしめつける。

「……ン。今、中がしまったな。……最高にかわいくて、いやらしい」

「んぅ……っ、ふぅ……、ん、んっ」

シモンは舌先を尖《とが》らせて蜜芽を小突いたかと思えば、ざらついた面で舐め上げてくる。さらに、舌先で弄《まさぐ》りながら唇で吸いついてきた。ちゅっと強く吸われ、さらに指を増やされる。

「ん、んんっ……」

蜜口が彼の指で優しく、丁寧にほぐされていく。もう何年も男を知らないその場所は、久しぶりの刺激に喜ぶように彼の指に絡みついた。奥からどんどん蜜が溢れて彼の指をねっとりと濡らす。

彼の口淫と指に翻弄され、ネーヴァは彼のものを咥えたまま、ろくに動けない。それでも熱杭は嬉しそうに口内でびくびくと震えていた。

「熱いな……、どんどん柔らかくなっていく。……ンっ」

蜜芽に唇を押し当てられたまま話されると、もうたまらない。官能の波に押し流され、ネーヴァは高みに上りつめる。

「——っ、ん……ぅ」

背が弓なりに反り、彼のものから口を離してしまった。シモンの指をしっかりと咥えている蜜口は、物欲しそうに奥へと向かい波打つ。

「……先程よりも激しく感じているようだな。なるほど、絶頂といえど強弱があるのか」

小刻みに身体を震わせるネーヴァから彼は指を引き抜く。すると、ネーヴァは力が抜けてしまった。腰が萎え、彼の顔の上に思いきり秘処を押しつけてしまう。

「あっ、いやぁ……！」

高い鼻に花弁が割り開かれる。殿方の顔の上に腰を乗せてしまうなんて、とんでもない。必死に腰を上げつつ、ネーヴァは涙ぐんだ。

「……っ、ん、すみません……」

「気にするな。むしろ礼を言う。君の柔らかさを顔全体で感じられ、実に素晴らしい経験だった」

シモンの声色はかなり上機嫌だった。

彼は再びネーヴァの下から出ると、濡れた顔を軽く拭いてからベッドサイドの眼鏡を手に取る。眼鏡をかけると再びネーヴァと顔の位置を合わせ、向き合うようにして下になった。

「二度ほど達したようだが、性衝動はどのような具合だ？」

先程まであんなことをしていたというのに、真面目な口調で聞いてくる。この切り替えの早さはどうなっているのだろうか？

そんなことを考えながら、ネーヴァは息もたえだえに答えた。

「……っ、駄目です。収まりません。恥ずかしくて逃げてしまいたいのに、身体の奥が疼いて、熱くて……っ、ん、まだ足りないって……」

絶頂を迎えて大人しく収まるのならよかったが、全然身体がいうことを聞かない。彼の上に覆い被さる体勢のまま、この場を離れることができなかった。

溢れた蜜が内腿を伝いながら流れていく。

「なるほど。では、思う存分私で発散するがいい。君が満足するまで付き合おう」

「でも、そんな……。……そもそも口説くのは、ん、監査が終わってからじゃ……。それに、わたしは誰とも付き合うつもりはありません」

「口説いていない。身体の繋がりを持つのと心の繋がりを持つのはまた別の話だ。今は君の症状を心配し、私を使って解決すべきだと提案している。君と肌を交えたところで交際を迫るつもりはない。交際は後日、王都に戻り次第正式に申しこむ」

どうやら、彼の中にはこだわりがあるらしい。

この行為はあくまでもネーヴァを救うためであって、交際とはまた別のようだ。

「本当は腰を突き上げて今すぐ君を貫きたい。だが、我が秩序の精霊は同意のない性交渉を禁じる掟を持つ。……私は考えた。催淫させた君を抱いたら、それは同意とはいえないのではないかと」

彼はすっと目を細める。

「しかし催淫状態とはいえ、こうして私が下になり、君のほうから繋がってきたら、それはもう同意とみなすのではないか？　強い性衝動ゆえの行為とはいえ、君から能動的に性的干渉を持つならば、そこに君の意思はあるのだろうと。第一、君とは会話が成立している。つまり君にはまだ理性があるのだ」

「……へ？」

「さあ、つらいだろう。君から私を迎えてくれたのなら同意を得たとみなし、以降は私が男として責任を持って行為を先導しよう。君に命じられるかぎり腰を振り続ける所存だ」

「……」

真面目な顔をしているが、腰を振り続けるだなんてとんでもない発言をしている。ネーヴァが素面《しらふ》だったら笑っていただろう。

しかし今はその発言を嬉しいと思ってしまい、ひくりと蜜口をわななかせた。

「どうする？　どうしてもというなら、また口でしてもいい。無理強いはしない。絶対に私と性交渉をしたくないというならば、誠心誠意君に奉仕する。何度も絶頂を迎えれば収まるだろう。私から君に性器を挿入することはない。……さあ、君の希望を教えてくれ」

「わたしは……」

ネーヴァは困ってしまった。

正直なところ、今すぐにでも腰を下ろして彼のものを迎えいれたい。指では届かないところまで満たしてほしかった。

とはいえ、シモンはネーヴァを好きだ。これを口実に交際を迫るつもりはないらしいけれど、欲求解消のために彼を利用してしまってもいいのだろうか？

まるでシモンの気持ちを弄《もてあそ》ぶような行為に思えてしまう。

こみ上げてくる性衝動と、ぎりぎり残された理性の板挟みになった。ただ、彼の上から離れられないことで、もう答えがでているような気がする。

「……ネーヴァ」

黙りこんでしまうと、とびきり甘い声で名前を呼ばれた。

「君のしたいようにしていい。……できるならば、私を君の二人目の男にしてくれ。私にとっては君が生涯でただ一人の女性になるだろう。振られることになっても、君のような素晴らしい女性との記憶があれば、私は残りの人生を満足して歩める」

それは真摯な言葉だった。

……否、彼がこの状況に到った経緯を思えば、本当に誠実なのか首を傾げることではあるが、ここまでネーヴァを思ってくれるなら拒絶するのも面倒になってしまった。

そもそも、身体を繋げたら即結婚というわけでもない。

それに『振られることになっても』と彼は言っていた。つまり、自分の恋が成就しない可能性をきちんと視野に入れている。

（もう結婚は懲りたわ。誰とも結婚するつもりはないし、顔のいい男なんてもってのほか。でも、今だけの関係なら……）

なけなしの理性は残っているものの、行為を望んだところで酒と香が原因だということはシモンもわかっているだろう。

――我慢するのももう限界だ。ただ快楽を貪り、衝動を抑え、早く普通の状態に戻りたい。

（……もう、いいか）

考えるのも億劫《おっくう》になってしまった。我慢するより、さっさと済ませたい。

心を決めたネーヴァは、ゆっくりと腰を下ろしていく。蜜口が彼の先端に触れた。

「……ッ！」

シモンがぎゅっと唇を噛みしめる。互いの粘膜が触れただけでも、彼にとってはかなりの刺激となったようだ。

ネーヴァがさらに腰を下ろせば、先端の丸まった部分がすべて中に入ってくる。

「ッ、はぁ……ッ、――ア」

まだ少ししか挿入していないというのに、シモンは息を乱していた。今まで聞いたことがないほど高い声だ。この男はこんなふうに啼《な》くのだと思うと、かわいく思えてしまう。

ネーヴァはより深く腰を下ろす。

「んっ、あ……」

「ク――」

大きく太い彼のもので蜜口が目一杯拡げられる。しかも、彼の熱杭はとても硬かった。

前の夫とは、離婚が決まる大分前から夫婦生活がなかったので、男性を受け入れるのは実に数年ぶりだ。久しぶりだからか、それとも彼のものが大きいからなのか、内側をほぐされていても引きつるような痛みが走る。

ただ、それが些細なものだと思えるほどの快楽が痛みを上から塗りつぶしてきた。媚肉が擦《こす》れる感覚に肌が粟立《あわだ》つ。

「はぁっ、ん、閣下……っ」

ゆっくり、けれど確実に彼を迎えいれる。そして、自分が知る場所まで腰を進めると、そこで動きを止めた。はあっと満足げに息をつく。

しかしシモンは驚いたように目を瞬かせた。

「……ネ、ネーヴァ。大変言いづらいのだが、んッ、最後まで入っていない」

彼の言う通り、まだ根元の部分が残っていて互いの腰は密着していない。それでも、ネーヴァはそれ以上動けなかった。

「はぁっ……、す、すみません。ここから先は挿《い》れたことがなくて……」

シモンのものはとにかく大きい。太さもあれば長さもある。

元夫のものは小さい部類ではなかったと思うが、彼のものが届いたのは今腰を止めている部分までだった。そこから奥は、なにも迎えいれたことはない。

ネーヴァは処女ではない。けれど、未知の部分まで身体を許すのは少しだけ怖く思えた。

「君の最奥には達していないと思うのだが。私のものが規格外というわけでもなく、物理的に無理ではないと思う」

「……え」

「ネーヴァ。ここから先を前の夫が知らないというのならば、私は余計に知りたくなる。他の誰も知らない君を私にくれないか？　欲しくてたまらない。これほど強くなにかを求めるのは生まれて初めてだ」

シモンの手がネーヴァの腰を優しく撫でる。しかし、彼は衝動に駆られて腰を突き上げてくるようなことはなかった。ただ、大人しく待っている。

「お願いだ、ネーヴァ。君のすべてを私にくれないか？　私がやれるものならば、なんだってくれてやる。……どうか、ネーヴァ。君を好きだ。狂おしいほど愛している」

切なげに細められた目に、胸がどきりとした。

「ネーヴァ。お願いだ、ネーヴァ……」

つらそうな声に背中を押される。

「閣下……」

気がつけば、さらに腰を落としていた。誰も知らない奥の奥まで彼のものが入りこんでくる。

「……っ、あ……深い……っ」

「ク……っ、ああ、ネーヴァ。ネーヴァ……！」

根元まで咥えこみ、互いの腰が密着する。こつんと最奥に彼の先端が触れた。それだけで、全身が痺れるような感覚に陥る。

「やっ、はぁ……っ、ん。奥が……」

「ああ、すごい。私のすべてが君に包まれている。君の奥がかわいらしく震えているのもわかる。ありがとう、ネーヴァ」

「あっ」

シモンに手を握られると、起こしていた上半身が彼に引き寄せられ互いの胸が触れる。

「愛している」

そう呟いて、ぎゅっと愛おしそうにネーヴァを抱きしめると、彼はくるりと身体を反転させた。視界がぐるりと回ってネーヴァが下に、そして彼のほうが上になる。

「君の同意は得たとみなす。……ありがとう。ここから先は、私が君を満足させると誓おう」

シモンはネーヴァを挟むようにして両手をつくと、ゆっくりと腰を動かし始めた。太く硬いものが抽挿《ちゆうそう》されるたび、快楽が全身に拡がっていく。

「あっ、ああ……っ」

彼が腰を穿《うが》てば、最奥をこつんと刺激される。初めて知る感覚だ。

「ああっ、ネーヴァ。ここを……この場所を知るのが私だけだなんて光栄だ。ここに私を覚えこんでくれ。私が口説いた時ここが疼くように、独り寝の夜に私を思い出すように、この場所に私を刻みこむ」

「ひうっ」

ぐりぐりと奥を押しつぶされると快楽が弾《はじ》けた。胸がきゅんとして、媚肉が剛直をしめつける。

「ああ、中もずいぶんと気持ちがよさそうだ。……経験がないゆえにすべて推測だが、あながち間違ってもいないだろう？」

快楽にとろけたネーヴァの顔を覗きこみながら、シモンが満足げに呟く。

「んうっ、あぁ……」

「君はかわいく啼くのだな。もっと聞かせてくれ。できれば私の名前を呼んでくれ」

「あっ、あぁ……シモン様……っ」

「……ッ！」

彼の名前を呼んだ瞬間、熱杭が一回り大きくなる。

「ネーヴァ……！」

たまらないとでもいうように、彼の腰の速度が増した。ずんずんと激しく穿たれて、どんどん高みへと押し上げられていく。

「あっ、ああ！」

「――ッ、ここか？　ここを、ン、こういうふうに突かれると、気持ちいいのか？」

ほんの少しだけネーヴァの声色が変わった部分めがけて彼が腰を突き入れてくる。熱く硬い楔《くさび》で擦られると、一気に絶頂まで誘われた。

「ああ……！」

ぎゅっとシモンにしがみつきながらネーヴァは果てる。内側が剛直を強くしめつけると、彼のものがいかに硬く太いかを実感した。

「はっ、あぁ……っ、あ――」

「ク……中がうねって、絡みついて……。ハ……、私が二十歳かそこらの若造だったら危なかったぞ、……ンっ」

息を乱しながら、彼はずれた眼鏡をくいっと中指で押し上げる。

「約束したからな。君が求めるかぎり、私は腰を振り続ける」

「あっ、ああっ」

絶頂を迎えてひくつく蜜洞を、硬いままの雄杭が蹂躙する。

「どうされたい？　腰の動きは速いほうがいいか？　それとも遅いほうがいいか？　閨事に関しては君のほうが先輩だ。ご教示願おう」

「ゆ、ゆっくり……っ」

怒濤《どとう》の快楽に、これ以上激しくされると壊れてしまいそうな気がした。だからこそ、お手柔らかにしてほしくて、動きを遅くするようにお願いする。

「心得た」

宣言通り、シモンはゆっくりと腰を引き抜いてきた。

「……っ、あっ？　えっ……っ、ええっ？」

雁首《かりくび》が媚肉をひっかきながら抜けていく感覚にネーヴァは瞠目した。ゆっくり動くからこそ、肉竿《にくざお》と丸まった先端、さらにくびれた部分など彼の形を如実に感じ取ってしまう。

緩慢な動きならば、そこまでの快楽は生じないと思っていたけれど、それは大きな間違いだった。じわじわとした甘い痺れが襲いかかってくる。

「……っ、あ……」

太すぎる肉竿が抜かれる際、花弁が彼のものに縋りつく。しかし雄杭は完全に抜け落ちることなく、再びネーヴァの中に入りこんできた。とびきりの熱が再び自身の中を満たしていく。

「ああっ、あっ」

少しだけ柔らかい雁首が通ったあとの場所を、太い筋の入った硬い肉竿が擦っていく。ゆるやかな動きだからこそ、部位によって与えてくる感覚が違うのだと気付いてしまった。

さらに、大きな先端が最奥に優しく触れてくる。

「んあっ……！」

こつんと触れられただけなのにネーヴァは腰を跳ね上げる。強くはないけれど甘く軽やかな絶頂を迎え、媚肉が収縮した。無意識にシーツをかきむしる。

（な、なんで……どうしてこんなに？　お酒とお香のせい？）

元夫は決して下手ではなかったし、性交渉も苦痛ではなかったけれど、そこまで情事を好きにはなれなかった。夜の行為は夫婦の義務として受け入れていたのだ。

それなのに今は、シモンが与えてくれるものすべてが気持ちよすぎて悶《もだ》えてしまう。これも催淫効果のせいなのだろうか？

「そうか、君はゆっくりされるのが好きなのだな。覚えた」

軽く達したネーヴァを見下ろし、シモンは口角を上げた。そして、ゆるやかに腰を振る。

身体の動きに合わせて乳房が揺れると、彼は吸い寄せられるように顔を寄せてきた。そして、先端の赤く尖った部分をぱくりと咥えてくる。

「ああっ！」

肉厚な舌先で乳嘴《にゅうし》を転がされると、胸だけでなくお腹の奥までじんと疼いた。さらに、もう片方の胸を彼の大きな掌に包まれる。

「女性の胸というのは、これほどまでに柔らかいのか……。それなのに、先端はこんなにも硬くなり……、ンっ、ああ、なんてかわいらしい」

「んっ、あぁ……」

乳嘴を舌で嬲りながら、胸を揉みしだかれる。もちろん、彼の腰はゆるやかに抽挿されていた。

ねっとりとした快楽を与えられ続けて、何度も軽く達しながら、じわじわと深い悦楽の淵《ふち》に落とされていく。

「閣下……っ、あ」

「ッ、だから、名前で呼んでくれ」

「シモン様っ、……っん、もう、もう……、わたし……」

「どうした？　なんでも言ってくれ。すべて君の意のままに」

優しげな声と共に彼が顔を覗きこんでくる。穏やかな弧を描いた切れ長の眼差しに思わず見惚《みと》れそうになった。あのシモンがこれほど温かな表情を浮かべるなど初めてだ。

「んっ……、ゆっくりされても、じわじわと追い詰められて、んっ、あ、頭がおかしくなりそうで……！」

「では、私にどうしてほしい？」

初心者らしく彼は問いかけてきた。無知というよりも、彼はネーヴァが望むようにしたいのだろう。

とはいえ、ネーヴァも彼にどうしてほしいのかわからない。

「よすぎて……あっ、なにがなんだか……自分でも、よくわかりません。もう閣下の……シモン様の好きにしていいから、んうっ、助けてください……！」

終わりのない快楽から逃れたい——ただそれだけだ。

なにかを望むのも疲れてしまった。すべてを彼に委ねて、この時間を終わらせたい。

(だって……このままでは本当におかしくなってしまう)

快楽を与えられてもなお奥からこみ上げてくる性衝動。ネーヴァはどうしたらいいのかわからないのだ。

「それは本当か？　私の好きにしていいのか？」

シモンが目を輝かせた。どうやら、彼はしたいことがあるらしい。

「……はい。任せます」

いくら初めてとはいえ普段の彼は常識のある真面目な男性だ。無理なことはしないだろう。

シモンを信頼して任せることにする。

「承知した」

彼は眼鏡を外すと、繋がったままベッドサイドにそれを置く。その動きにより内側がぐりっと違う角度で刺激され、ネーヴァは思わず嬌声を上げた。

(眼鏡を取って、どうするつもりなの……？)

眼鏡をつけたままではできない行為をするつもりなのかと思った次の瞬間、彼の顔が近づいてくる。

「ネーヴァ」

名前を囁《ささや》かれ、唇が重ねられた。

「……っ！」

薄くて形のいい唇は、思いのほか柔らかい。触れるだけのキスはやがて上唇を啄《ついば》み、とうとう彼の舌がネーヴァの唇を割って口内に入ってくる。

「んむっ、ん……」

探るような舌の動きだった。歯列をなぞり、舌を擦りあわせられ、彼にどんどん知られていく。

上顎をなぞった彼の舌は、思ったより奥まで届いた。

「ハァ……っ、小さくてかわいい口だ。ン……っ、これでは、ッ、かなり深くまで舐められてしまうぞ？」

シモンはネーヴァの口を堪能していた。熱に浮かされたような表情で必死に貪っている。

舌の動きは徐々に激しくなり、唾液をすすられた。胸に触れていた彼の手は今、上気した両頬を優しく包みこんでいる。

「ンッ、はぁ――。口づけというものを初めて経験したが、この行為がこんなにも素晴らしいものだとは……」

必死になってネーヴァに口づける彼はとても嬉しそうだった。そういえば、キスよりも先に身体を繋げたのだと思い出す。

(性衝動を発散させるのにキスは必要ない行為だわ。だから閣下はキスしようとしなかったけど、わたしが好きにしていいって言ったから……)

彼も男だ。好きにしていいと言えば体位を変えるとか、自分の好みの速度で腰を振るものだと思っていた。

しかし、彼は喜んで口づけてきたのである。まさかキスを望んでいたなんてとネーヴァは不覚にもときめいてしまった。

そして、ネーヴァの許しを得るまでキスしなかった彼をかわいいとすら思ってしまう。

「ネーヴァ……っ」

飽きることなく唇を吸われる。初めての口づけを経験したばかりなのに、彼の動きはこなれたものになっていた。さすが仕事ができる男だ。

重ねられた唇から、彼の思いが注ぎこまれる感覚に陥る。

(こんなに愛《いと》おしげなキスをされるなんて、初めて……)

とにかく、シモンの口づけは情熱的だった。性交渉の際によくある形式的なキスではない。そこには彼の思いが深くこめられていた。

心地よさにうっとりとしてしまうと、突如彼の腰が動きだす。

「んっ！」

彼はネーヴァの両頬を包みこんだまま熱杭を穿ってきた。最奥を突かれるたびに快楽が弾ける。

(こんなの……まるで、恋人同士の交わりみたい)

性衝動を発散させるだけの行為ではない。彼の愛に搦《から》め捕《と》られてしまう。

唇から、吐息から、腰づかいから、眼差しから――すべてから彼の気持ちが伝わってきてしまった。こんなふうに抱かれるのは嫌ではない。そして、満更でもない自分に戸惑ってしまう。

顔を包みこんでいるシモンの指は時折、愛おしげにネーヴァの頬を撫でた。その指の動きにさえ甘く疼いてしまう。

何度も突かれた奥はぐずぐずに熱く、とろけていた。今日初めてその部分に触れられたというのに、こんなに感じてしまう場所だったなんてネーヴァも信じられない。

(さっきから、すごく感じる場所ばかり突いてくる……っ)

偶然なのか、彼が穿ってくる部分は特に強い快楽を拾い上げていた。立て続けに与えられる悦楽から逃れたくて、ネーヴァはさりげなく腰をよじらせ刺激から逃れようとする。

しかし、シモンの腰は逃げたネーヴァの最奥を追ってきた。

「んむっ！」

熱杭が的確にネーヴァの一番感じる部分を突き上げてくる。

再び下腹を横に逸らせば、またもや同じ場所を狙って腰を打ちつけてきた。逃げようとしても、しつこく追いかけてくる。

（そこばっかり突くなんて……！　おかしくなりそう）

シモンがあまりにも口づけに夢中になっているものだから、適当に腰を振っているのだと思った。

だが、それは違う。彼はネーヴァの感じる場所を把握して、あえてそこに自身を押し当ててきているのだ。

（どうして？　閣下は初めてのはずなのに、こんな……！）

つい先程まで彼は女を知らなかった。それなのに、手練《てだ》れの男のようにネーヴァを翻弄してくる。

拙《つたな》く思えたキスでさえ、うっとりするような濃厚なものになっていた。彼は器用な男なのだと身をもって実感する。

（もう駄目……！）

唇や繋がっている部分だけではなく、彼に触れられた頰も、予想以上に逞しい上半身に押しつぶされている胸も、荒い息づかいが滑りこんでくる耳も、全部が全部気持ちいい。

「んっ、ん……っ！」

ネーヴァは思いきり達してしまった。足に力が入り、シーツの上を踵《かかと》が滑る。腰を跳ね上げながらぎゅっと彼をしめつければ、雄杭が大きく打ち震えた。熱い迸《ほとばし》りがネーヴァの最奥に容赦なく叩きつけられる。

ぼんやりとした意識の中、シモンも絶頂を迎えたのだと思った。剛直はネーヴァの中で何度も跳ねながら精を吐き出していく。

ようやくすべてが注がれたのだと思うと、ネーヴァは少しだけ冷静さを取り戻した。

（もしかしたら、性衝動がましになったのかもしれない……）

あれだけ何度も絶頂まで誘《いざな》われたのだ。身体も満足したのだろう。シモンも達したみたいだし、ちょうどいい頃合いだ。

「ハァ……」

シモンが大きく息をつきながら自身を引き抜いていく。

これで終わるのだと思った次の瞬間、彼のものは全部抜け落ちることなく、再び深い場所を小突いてきた。

「んんっ！」

完全に油断していたので、予想外の刺激にまたもや甘く達してしまう。星が瞬《またた》くかのように目の前がちかちかした。

「か、閣下……っ？」

「安心してくれ、ネーヴァ。君に命じられるかぎり腰を振り続けると言ったのは、嘘ではない」

そう言った彼のものはまだまだ元気そうで、とても硬い。

「んうっ、あっ、命じてなんかいません……！　閣下もお年ですし、もうそろそろ終わりにしても……」

「私の年齢は気にしなくてもいい。君の中がこんなにもの欲しそうにしめつけてくるのだから、ここで終わりにするわけにはいかないだろう。奥だって、嬉しそうに私に吸いついてくるのに」

「ええっ……？」

ネーヴァの秘処が収縮しているのは絶頂を極めたあとの生理的な反応であり、別にこれ以上の刺激を求めているからではない。

そう思いつつも彼の熱い精を媚肉に擦りつけられ、確かに身体が悦《よろこ》びを感じていた。

——とにかく、途方もなく気持ちいいのだ。

「君はキスも感じるみたいだな。上顎を舐められながら、舌先を喉に向けて伸ばされるのが好きなようだ。あと、舌の根まで強く吸われるのも。大丈夫だ、私に任せてくれ」

「そ、そんな……っ、んっ」

もう十分だと伝えようとした口に彼の唇が重ねられた。彼の舌が当然のように口腔《こうこう》に滑りこんでくる。

もう探るような動きではなかった。最初から的確にネーヴァの好きな部分を舌で刺激していく。

もちろん、彼の腰は相変わらずネーヴァの気持ちいい部分を穿ってきた。激しく突かれているわけでもないのに、その部分を刺激されると簡単に快楽に飲みこまれてしまう。

軽い絶頂を何度も繰り返したあと、大きな波にさらわれるの繰り返しだ。こんなに執拗《しつよう》な性交渉の経験はなく、ただただ溺れていく。

ようやく彼が二度目の吐精を迎えた時、ネーヴァは生まれて初めて誰かに抱かれたまま意識を手放した。


「……っ！」

目を開ければ、シモンがネーヴァの身体を拭いているところだった。彼はこれを見越して宿に水桶やタオルを準備させていたらしい。

身体は気怠《けだる》いけれどネーヴァの意識は覚醒している。勤務時間中に寝てしまうだなんてと思いながら、彼に時間を訊ねた。

「閣下。わたしはどのくらい寝ていましたか？」

「十分も寝ていない」

「そうですか」

たっぷり寝た気がするのに、全然時間が経っていなくてネーヴァは安心する。そして、ほんの十分でもそれなりに元気になったように思えた。短時間でも思いきり深く眠ったのかもしれない。

「わずか数分でここまで回復するのか。若いとはすごいな」

先程までとろけていたネーヴァの顔がきりりっと引き締まっているのを見て、シモンは感嘆の声を上げる。

「閣下。自分の処理は自分でします。これから精霊地区に行くのですよね？　閣下はご自身の準備をしてください」

ネーヴァは起き上がると彼の手からタオルを取ろうとした。しかし、彼は渡してくれない。

「まだ気怠さが残っているだろう？　ここは私に任せて、少しでも身体を休めてくれ」

「でも……」

「こうして奴《やつ》らのからくりを暴けたのだ。多少出発が遅れたところで影響はない。それに、無理をしたら奴らを問い詰めている最中に身体がつらくなるかもしれん。私がしてあげられるのだから、君は身体を休めるべきだ」

シモンの言うことは筋が通っていた。怠さが残っているのはその通りなので、無理するよりも少しでも回復に努めるべきである。

あそこまでの行為をしたのだから、今さら恥ずかしがるのもおかしい気がして、ネーヴァは彼に身を委ねた。

濡れたタオルが肌を拭ってくれて、火照りが収まっていく。

(リラさんに会ったら、まずは……)

ぼんやりと今後の手順を脳内で描いていると、ふとタオルが内腿を拭いてきた。微かに足を開けば、奥に留《とど》まっていた精がこぽりと溢れてくる。

「あっ……」

熱いものが蜜口から流れ出す感触に、ネーヴァは思わず悶えてしまった。

「どうした、ネーヴァ？」

「い、いえ、なんでも……っ、ああっ」

身体を動かしたせいで、どんどん中から精が溢れてくる。一体どれだけ注がれたというのか。

「もしや、まだ効能が残っているのか？」

頷けば再びびくみしだいてきそうな気配に、ネーヴァは思いきり否定する。

「違います！　閣下のものが中からたくさん溢れてきて、その感覚が……っ、あぁっ」

びくびくと脚が震える。

シモンは両膝に手を当てると、大きく左右に割り開いた。熱を帯びた蜜口がひくつきながら白濁を流している様子が彼の眼前にさらされる。

「これは……」

ごくりと、シモンが大きく喉を鳴らした。

「あの、ここは自分で処理するので……！」

「いや、これは私が出したものだ。私が綺麗にするのが道理だろう」

どんな道理ですかと呆れながら心の中で突っこむ。

「……ふむ。かき出しておかないと、あとで中から溢れてくるかもしれん。君のあんな顔を他の者に見せるわけにはいかないな。失礼するぞ」

「え……っ、ああ！」

彼の指がネーヴァの中に挿れられる。くちゅりと粘ついた音がやけに響いて聞こえた。

彼は鉤《かぎ》状に指を曲げ、体液を外にかき出していく。

「ああっ、んっ、あぁ……！」

落ち着いていた官能が再び引きずり出されていく。指の腹が媚肉をなぞるのも、それにより精が外に流れ出される感覚も、その両方がネーヴァに快楽を与えた。

「……っ、んんぅ」

声を我慢しようにも、鼻から抜けたような甘ったるい嬌声が漏れてしまう。

（……こんなに出るものなの？）

シモン以外の男は、前の夫しか知らない。かつて夫婦として子作りのための性交渉はしたけれど、こんなに精を出された記憶はなかった。

人によってこんなに差があるものなのかと驚いてしまう。

「はぁっ、ん……！」

「……よし、このくらいでいいだろう」

ようやく中のものをかき出したシモンが身体を優しく拭ってくれる。その冷たいタオルの感触でさえ、ネーヴァは身体を震わせてしまった。

そうして全身を綺麗に拭かれ終わった時、ネーヴァはぐったりとしてしまう。全然休むどころの話ではなかった。

ネーヴァの服はいつの間にか綺麗に畳まれていて、差し出される。

「ゆっくり着るがいい。無理そうなら手伝ってやる」

そう言って彼は自分の身体を拭いていく。疲れているものの、誰かに服を着せてもらうほどではないので、ネーヴァはしっかりと自分で準備をした。

シモンもかなり手際がよく、ネーヴァと同じ頃合いには服を着終わっている。

「では、行こうか」

そう言って眼鏡をくいっと上げた彼の顔は凜々《りり》しく、いつもの仕事人間の表情だった。それを見てネーヴァの身も引き締まる。

「はい！」

グレオスを連れ、一行は再び精霊地区へと向かった。

第五章　事件の顚末と恋の行方

副代表とリラは、ネーヴァたちがグレオスを連れているのを見るなり、本部の会議室に通してくれた。これからグレオスに処分が言い渡され、自分たちが代表になると思っているのだろう。

「例の話ですよね？」

リラの口角が微かに上がっている。まるで喜びを隠しきれないようだ。

「そうだ。今回の件の沙汰を言い渡しに来た。……その前に」

シモンはテーブルの上に例の酒と香を置いた。それを見てリラたちの表情が凍りつく。

「お二人にはこの酒を飲んでいただきたい。そのあと、この香を焚くつもりだ」

シモンがそう言うが、もちろん二人は従わない。

「こ、こんな時間からお酒は飲めませんよ」

「監査に必要な行為だ。代表から、副代表がこの酒を買っていたと聞いている。飲めないわけではないのだろう。それとも、なにか飲めない理由でもあるのか？」

「……っ」

副代表は黙りこむ。すると、シモンが言い放った。

「単刀直入に聞く。この酒と香のからくりは解けた。昨夜の件は代表を罠にはめようと、貴殿らが企《くわだ》てたのだな？」

「い、いえ、そんな……」

シモンに鋭く睨まれて副代表は竦みあがる。その隣でリラがしどろもどろになりながら言い訳をした。

「ぐ、偶然……なにかの偶然かと。その……代表がそれらの効果を知らないまま反応してしまって、私を襲ったとか？　つまり、事故だったのですね」

そんな理屈が通るわけがない。

「代表。お身体のことを話してもいいですか？」

ネーヴァが訊ねると、グレオスが静かに頷く。

「リラさんは妊娠を心配していましたよね？　昨日相談をいただいた時、この耳で確かに聞きました」

「はい」

確かに口にしたのだとリラの言質を取ってからネーヴァは伝える。

「残念ながら、代表には妊娠する行為をするのは不可能です。男性器がないのですから」

「は？」

副代表とリラが信じられないと言ったような目でグレオスを見る。彼ははっきりと答えた。

「三年前、僕は見聞を広める旅に出ていましたよね？　その時に男性器を切除したのです」

「な……っ」

リラが言葉を失う。

「代表の身体は私が確かめた。男性器がないのに妊娠の心配をするとは、貴殿らが嘘をついているなによりの証拠だ」

シモンが言い切ると、さすがに弁明は無理だと気付いたのか、副代表とリラはがくりと肩を落とした。

「監査員を謀《たばか》ろうなど言語道断。なぜこのようなことをした？」

シモンは強い口調で問いただす。しばらくの沈黙のあと、口を開いたのは副代表のほうだった。

「兄さんが代表になってからというもの、節制が厳しくなって……。せめて食事くらいはまともなものを出すべきだと何度言っても聞き入れてもらえませんでした。どうしようか迷っていたところ、ちょうど監査が来るというので、これを機に兄さんにここを出ていってもらおうと……」

「ならば、あのような真似《まね》をせずとも監査員に相談すればよかったのではないか？」

「兄さんが信用できなかったのです。どうせ、ほんの少しよくなるだけだろうと。せっかく十分な収入があるんだから、もっといいもの食べたっていいだろう！」

気落ちしたように見えた副代表は一転、グレオスに向かって怒鳴った。かなり鬱憤が溜まっていたらしい。

ネーヴァはその理由をくだらないとは思えなかった。

（食は生きるのに必要な行為。しかも毎日のことですもの。食べ物の恨みは恐ろしいというし、副代表にとって質素な食事は耐えられることではなかったのね）

彼らがしでかしたことはとんでもないけれど、同情する気持ちも湧いてくる。それほど、ここでの食事は貧相なものだった。

「それに、私と夫がどれだけ頑張ってもお給料は全然上がらない！　せっせと溜めこんで馬鹿みたい！　副代表の仕事は大変なんだから、もっといい暮らししてもいいでしょ！」

リラのほうは食べ物だけでなく、金についても不満があったようだ。

確かに、彼女の爪紅は手作りのものに見えた。これだけの規模の精霊地区だ。副代表の妻として、もっといい装いをしたかったのかもしれない。よく見るとリラの服には毛玉がついていて、大規模な精霊地区の幹部とは思えない格好である。

「彼らはそういう意見のようだ。代表はどう思う？」

シモンが聞くと、グレオスは淡々と答える。

「僕は香りの精霊を奉るという重要な役目を担っています。もっと食べたいとか、いい暮らしをしたいとか、そういう欲にまみれた生活を送るのはよくありません。僕は間違ったことはしていません」

その言葉に、室内がしんと静まり返る。ネーヴァも引いてしまった。

すると、シモンがどんと机を叩く。

「貴殿はなにもわかっていないのか！」

怒号を浴びせられて、グレオスは驚愕《きょうがく》したように目を瞠る。どうして自分が怒られているのかまったく理解できないのだろう。

「香りの精霊の掟に禁欲はない。欲を悪《あ》しきものととらえているのは貴殿の個人的な考えだ。美味《うま》いものを食べ、いい暮らしを送るというのは悪いことではない」

「それは……」

「男性器を切除するくらいだから、貴殿はかなり禁欲的な性格なのだろう。だが、自分が我慢できるとはいえ、それを他者に強要してはいけない。貴殿が代表として到らないからこそ、副代表たちはこのような愚行を犯すことになったのだ」

「な……！　僕が到らないというのですか」

シモンにずばりと指摘され、グレオスは衝撃を受けたようだ。顔色を失っている。

この意見が彼だけの考えでないと示すため、ネーヴァも口を開いた。

「私も閣下と同意見です。いきすぎた節制は生きる楽しみを奪います。代表には他者の幸福を奪う権利はありません。香りの精霊を奉るのも大切なことですが、集落の民に安らかな生活を与えるのも代表の大切な仕事なのです」

「……」

「今朝、この集落の様子を見にきたところ、いつもより豪華な朝食を食べていたと聞きました。皆にこにこして、とてもいい顔をしていましたよ」

「そんな……。僕が間違っていたというのですか」

グレオスはうなだれる。彼も副代表もリラも、まるで葬式のように沈んでいた。

そんな中、シモンが粛々と告げる。

「本件の沙汰を下す。いくら代表にも問題があるとはいえ、監査員を謀ろうとした者を見逃すわけにはいかない。よって向こう一年、副代表アペオースとその妻リラはこの精霊地区から追放とする。各地を回り、香りの精霊の布教をしながら自らの行いを省みるといい」

「追放ですか……！」

精霊地区に身を寄せる者にとって、追放処分は重い。しかも副代表という地位にいたなら尚更だ。

とはいえ、一年と期限が決まっているのは救いだろう。

（結局は身内の揉めごとで負傷者も金銭的被害もないわけだし、妥当な処分ね。しかも、こんな事件があったあとなら、しばらくはお互いに気まずくなるでしょうし。代表と副代表の様子がおかしければ集落の民たちも影響がありそうだから、一年ほどお互いに離れるのはいいことだわ。さすが閣下ね）

ネーヴァは感心してしまう。

副代表とリラは重すぎる処分でなかったことにほっとしつつも、決して軽くはない罰に衝撃を受けているようだ。

「次いで、代表グレオス。今のところ貴殿の不正行為は見当たらないが、過度な節制は見過ごせない。帳簿を見たが、この精霊地区には十分な収入がある。よって、運営指導を入れる」

「……かしこまりました。運営指導とは具体的にはどういうことです？」

「主に食事に関することだ。最低限、前代表の頃と同じ程度にまで食事の内容を戻す。上層部の給与についても同じだ。さらに、毎月必ず精霊省に収支の報告書を上げること。なお、それには毎日の食事内容も記すこととし、三ヶ月に一度は視察を入れる。まずは一年、様子を見よう」

「は、はい」

この規模の精霊地区の代表とあってグレオスはただでさえ忙しい。

食事の内容を戻すだけなら難しくはないが、毎月収支報告書を国に提出するとなると仕事がかなり増えるだろう。そのことは薄々予想がついているようで、グレオスは異議を口に漏らすことはないが、沈痛な面持ちになる。

(副代表たちへの追放処分は重いけれど、代表のほうもなかなか大変そうね。……でも、当然のことだわ。今回のことがなくても、この監査で運営については指導を入れていたでしょうし。……そして、わたしの仕事も増えるわね)

監査だけでなく指導もする必要がある。当然、シモンとネーヴァも忙しくなるだろう。だが、この精霊地区で暮らす民たちのために頑張らなくてはならない。

「以上だ。副代表とその妻は明日の午前中にここを発《た》て。また、代表は準備金を副代表たちに用意するように。額は……」

シモンが金額を告げる。一般的な宿屋に一ヶ月泊まれるか、泊まれないかという絶妙な額だった。宿泊費以外にも食費や交通費など諸々かかるから、精霊地区を出たらすぐに自分たちで金を稼ぐ必要があるだろう。

「あ、明日ですか？　あまりにも急すぎます。皆にもどう説明したらいいか……」

リラが弱々しい声を上げる。

「急だろうが出ていってもらう。民たちには、監査員と話をして深い感銘を受けて香りの精霊を布教する旅に出たくなったとでも言えばいいだろう」

「しかし、準備金もそんなに多くはないですし……」

「依り代の匂いを移したあの紙があるだろう？　あの紙一枚でそれなりの額になるのではないか？　香りの精霊の布教もできるしちょうどいい。それに、香を作れるなら旅先で売れる。あるいは、ここから離れた街に腰を落ち着け賃仕事を見つけてもいい。一年をどうやって過ごすのかは自分たちで考えろ」

自分たちで考えろと言いながら、色々と示唆してあげるのは優しい。仕事が溢れている街もいくつかあるので、あとでこっそり彼らに助言をしようとネーヴァは考える。

「では、副代表とその妻は直《ただ》ちに荷をまとめること。代表はここに残り、今後のことについて我々と調整だ」

シモンがそう伝えると、副代表とリラは重い足取りで部屋を出ていく。残ったグレオスも浮かない表情をしていた。

しかし、シモンは彼らの心情に一切配慮しない。まずは集落の調理担当者を呼ぶよう指示を出し、てきぱきとやるべきことを進めていく。

——その夜。副代表たちへの餞《はなむけ》を兼ねているのか集落の夕食は豪勢で、子供たちだけではなく大人までおかわりの列に並んで笑顔で食べていた。

監査をしながらの運営指導はかなり重労働で、シモンとネーヴァは睡眠時間を削って仕事に勤しんだ。処分を受けるほうも大変だが、こちらも同じくらい忙しい。

副代表とリラが突然集落を発つことに民たちはとても驚いた。三年前にも代表が布教の旅に出ているとはいえ急すぎるし、まだ監査中で忙しいのに出ていくのはおかしい。

とはいえ、集落の民にとって心の寄る辺はあくまでも香りの精霊である。精霊地区の解散という事態にならなければそれで十分なので、上層部の事情に深入りはしないようだ。

旅立ちの日、副代表たちの見送りに来た民の数は予想より少なかった。

なにせ、代表の座を奪うために身内を奸計にはめようとする夫婦だ。人徳もそこまでなかったのかもしれない。

副代表夫妻は呆気なく送り出される。

処分を言い渡されてからすぐのことだったので彼らは準備で忙しく、代表を恨む暇もなかっただろう。シモンもそれを見越して出発を急かしたに違いない。

きっと長年の経験により判断したのだろう。自分も精進しようとネーヴァは仕事に励む。

こうして、香りの精霊地区の監査期間はあっという間に過ぎていった。

王都に帰る馬車の中、大臣として常に忙殺されているシモンの表情は変わらないが、ネーヴァのほうは疲れてぐったりしている。

「子供たちの栄養が気になっていたので、解決しそうでよかったです」

「この私が指導したのだから、上手くいって当然だ」

食事の量を増やすことはもちろん、シモンは栄養素についても指導していた。精霊省の大臣なのにそこまで知識があるのかと驚いたが、そういう指導が必要な精霊地区の監査も経験しているのだろう。

ネーヴァはざっくり肉や魚、野菜、穀物を摂取していれば大丈夫だとしか考えていなかったが、野菜でも種類によって栄養が違うらしい。シモンの隣で説明を聞いたところ、かなり興味深かったので、王都に戻ったら詳しく調べてみたいと思った。

「でも、代表は今回の件について腑《ふ》に落ちていないのではと……。あの人の様子を見てそう思いました」

ネーヴァは瞳を細める。

自分のせいで副代表とリラが凶行に到ったという自覚はあるらしい。しかし、シモンに叱責されてもなお、彼は反省しているようには見えなかった。

「精霊地区の代表として健全な運用ができるのであれば、わざわざ改心させる必要はない。大切なのは精霊を正しく崇め奉ることと、集落の民たちに健全な環境を提供して導くことだ。当人の信条はそこまで問題ではない」

「な、なるほど……」

シモンの回答に、ネーヴァは目から鱗《うろこ》が落ちる。

こういう場合、深い反省と改心が必要不可欠だと思っていた。

だが、他者の思考回路を変えるのは至難の業である。学校で教えを請うような子供ならともかく、相手はいい年の大人だ。長年根付いた考えはそう簡単に変化しないだろう。

精霊地区として正しく機能していれば、代表の考えは問題ではないというシモンの回答は合理的である。

(それに、副代表たちがいなくなったことで、色々考えるきっかけになったかもしれないわ。今はまだ考えが変わらないけれど、一年後にはどう思っているかわからないし)

とりあえず、香りの精霊地区には定期的に視察に行くことになる。監査と視察は違うし、経過観察だけなら誰が担当してもいいだろう。

「そういえば、報告書についてなのですが……」

王都に着けば、監査報告書をまとめなければならない。運営指導についても細かく記す必要があるし、これまた大変そうだ。

移動中に整理しておきたいので、ネーヴァは疑問に思ったことやすべきことなどを次々と質問していく。シモンはひとつひとつ丁寧に答えてくれた。

そういうわけで、帰りの馬車ではずっと仕事の話をしていた。

監査先で起きた事件が無事に解決して安心したのか、ネーヴァはすっかり忘れていたのである。

——監査が終われば、シモンがネーヴァを本気で口説くつもりだったことを。


王都に戻ると、シモンとネーヴァの机の上には書類が積み重なっていた。不在の間に溜まった仕事である。

急ぎのものや重要なものは同僚たちが処理してくれたが、それ以外の案件が予想以上に多かった。監査の報告書だけでなく通常業務もあるのだから、かなりの仕事量だ。

(大規模な精霊地区に監査に行った人たちは、こんなに大変だったのね)

忙しくなるけれど、それだけの仕事を任されるようになったのだと思えばやる気がみなぎる。しばらくは残業が続きそうだ。

そういうわけで、シモンとネーヴァはさっそく二人で居残り仕事をしていた。

「そちらの書類をよこせ」

「え？　これですか？」

「そうだ。……む、これは君でなくてもできるだろう。明日、私から別の者に回す」

シモンはネーヴァに振り分けられた仕事を精査してくれる。優先順位が低く、他者が処理しても問題ないと判断すれば同僚に振り分けてくれた。

おかげで、不在中に溜まった仕事はどんどん減っている。

「そういえば、視察について提案があるのですが」

三ヶ月に一度、香りの精霊地区へ視察に行かなくてはならない。

とはいえ、監査と視察はまったく違う。視察は指導通りに運用できているか状況を見るだけなので、シモンやネーヴァがわざわざ足を運ぶ必要もなかった。……もっとも、シモンのことだから副代表夫妻が戻ってくる一年後には顔を出すのだろうが。

「視察は新人の彼に任せてみませんか？」

いつも怒られている新人を挙げると、シモンは思いきり眉をひそめた。

「あいつにか？　きちんと視察できるか不安だ」

「それが彼、自分で考えなければならない仕事は難しいみたいなんですけど、見たものをそのまま報告するとか、決められたことをするのは上手なんですよね」

精霊省の仕事は同じような案件でも、それに関わる精霊が変わるだけで対応を変えなければならない。時として書類の種類も変えなければならず、決まった答えがあるわけではなかった。精霊を考慮してどう対応するかその場で考える必要がある。

その「状況に応じて行動を変える」という行為が新人には負担になっているようだ。

そもそも、文官になるには難関の国試を突破しなくてはならない。新人は優秀な成績で合格しているので、知能が低いとは思えなかった。

ネーヴァが監査で不在の間、彼に処理してもらった書類を見れば、間違っていて修正が必要になるものも多い。

しかし、相談内容の報告は完璧だった。こちらが知りたい情報をすべて網羅している。

「こちらは彼が書いた報告書です」

シモンに新人の書いた書類を渡すと、眼鏡の奥で目を瞠らせる。やがて、感心した声を上げた。

「……わかりやすいな。しかも細かい」

「彼にはここでの書類仕事より、視察のほうが向いていると思います」

「そうかもしれん。視察対象の精霊地区は他にもある。まずは来週、誰かと一緒に行かせてみるか」

「はい」

適所適材という言葉がある。視察が新人の性に合う仕事だと嬉しい。

そう思いながら卓上の書類に視線を落とすと精霊省の扉がノックされた。来客である。

「あら？　こんな時間に？　閣下に用があるのでしょうか」

もう文官の退勤時間はとっくに過ぎていた。用件があるなら明日の勤務時間に来るはずなので、ネーヴァは小首を傾げながらも扉へと向かう。

「はい、なんでしょう――、……っ！」

扉を開けた瞬間、目の前に立っていた男性を見てネーヴァは言葉を失った。

「な、なんで……」

ネーヴァの声が震える。

「やあ、ネーヴァ。久しぶりだね」

そう言って微笑んだのはネーヴァの元夫だった。すらりと背が高く、顔立ちは整っている。離婚してから何年も経ち、彼はもう三十路《みそじ》のはずだがまだ若々しかった。

(相変わらず顔がいいこと)

浮気をするような男なので中身は最悪だが、外見だけなら本当にいい男である。しかし、彼の顔を見たところでときめいたりはしなかった。

辺境の男爵領にいる彼がなぜこんな場所にいるのかと疑問に思うが、訊ねるより先に彼は答える。

「親父《おやじ》が死んだから、爵位継承の手続きに王都に出てきてね。長引いてこんな時間になったのさ」

「……まあ、男爵がお亡くなりに？　ご冥福をお祈りいたします」

元夫に思うことはあれど、一時的に義理の父になった相手に悪い感情はない。知っている人間が亡くなっていたことに悲しみを覚えた。

(お身体が弱い人ではあったけど、こんなに早く逝《い》くなんて……)

そう思ってもわざわざ口にはしない。それは息子である彼が一番わかっていることだ。

「せっかく城に来たんだから、ネーヴァの文官姿でも見ようと思ってね。精霊省にいるって聞いたから来てみれば、まさかまだ残っているなんて。これもなにかの運命かな？」

元夫がネーヴァに向かって手を伸ばす。気安く触れられたくはなかったので、ネーヴァはさっと後退した。

「教えてくれてありがとう。あとで白薔薇《しろばら》を送るわ」

精霊の掟とは関係なく、この国では交流の深かった相手が亡くなった際は白薔薇を送るという風習がある。元夫の父親というのは微妙な間柄だけれど、故人にお世話になったのは確かだし、悼む気持ちがあるので送ることにした。

「そうか、俺の父親に送ってくれるんだね。ありがとう」

元夫はほっとしたような表情を浮かべた。自分の父親がネーヴァにとって白薔薇を送るに足る人であることを喜んだように見える。

「話はそれで終わりかしら？　わたし、まだ仕事があるのだけれど」

「いや、今のはついでで、本題はこれからさ」

「え……？」

父親の訃報をついでと口にした彼に対し、ネーヴァは思いきり眉根を寄せる。

「お前、俺と別れてからまだ再婚してないんだろ？　俺とやりなおさないか？」

「は？　嫌よ」

考える間もなく、ネーヴァは即答した。

「なっ……、まだ怒ってるのか？　あの頃は俺も若かったんだ。俺がどのくらいもてたか、お前は知ってるだろう？　誘われちゃうとつい遊びたくなるのが男の性《さが》だから仕方ないさ」

「だったら、最初から結婚しなければよかったじゃない。妻がいるのに他の女に手を出すなんて、どうかしてるわ」

「それは反省している。でも、俺ももう三十だ。そろそろ落ち着こうと思ったんだが、お前ほどいい女はいない。結婚するならお前だ。ネーヴァ、やりなおそう。今度こそ浮気はしないから。なんなら、浮気を禁ずる掟のある精霊に信仰を変えてもいい」

顔がいい自覚がある彼は、まっすぐにネーヴァを見つめてきた。女性を射止める時の表情だ。若かりし頃のネーヴァもこの顔に夢中だった。

だが、どれほど顔がよくても心が揺らぐことはない。

かつては愛し、結婚までした男に請われても鬱陶しいとしか思わず、ネーヴァは彼への恋心が自分の中に少しも残っていないのだと自覚した。

「疑うなら、ここ最近の俺の素行を調べてもいい。女遊びはしていない。俺にはお前しかいないと思ってから一途《いちず》になったんだ」

黙りこくったネーヴァを見て、これはいけると踏んだのだろうか。元夫はたたみかけるように言ってくる。

「心の底から反省した。俺の妻にふさわしいのはお前だけだからこそ、あれから再婚だってしていない。別れたのは俺たちにとって必要な時間だったと思う。でも、もういいだろ？　二人で幸せになろう」

元夫が手を差し伸べてくる。彼の脳内ではネーヴァが「嬉しい」と頬を染めながら手を取るのだろう。

もちろん、ネーヴァは伸ばされた手を一瞥《いちべつ》するだけで、さらに一歩下がる。

「今のあなたが反省しようが、女遊びをしなかろうが、そんなことはどうでもいいの。あの時のわたしは深く傷ついたのよ。あなたが他の女を抱いている時、一人で泣いていたわ。あなたが変わったところで、わたしがつらかった過去は消えない」

ネーヴァは睨むような眼差しを元夫に向ける。

「あなたへの恋心はなくなっているの。わたしたちは離婚した時に終わったのよ。今だって、なにを言われようと嬉しいとは思わないし、ときめかない。あなたとやりなおすことは絶対にないわ」

きっぱりと言い切ると、元夫は信じられないというように驚愕の表情を浮かべた。

かなりもてる男だ。こんなに必死に愛を伝えた女性に袖にされるのは初めての経験かもしれない。

「……お前を深く傷つけたのは悪かった。でも、意地を張るなよ。お前だっていい年だろ？　離婚歴のあるお前を嫁に迎えたいという男なんてそうそう現れないだろうし、俺と結婚したほうがいいに決まってる」

「はぁ？　意地なんて張ってないわよ。それに、結婚がわたしの幸せだって勝手に決めつけないでほしいわ」

「ほら、声が荒くなった。怒ってる。ネーヴァは矜持が高いからな。本当は俺の手を取りたいけど素直になれないだけだろ？　わかってるよ」

どうやら彼は、自分の求婚が断られることはないと信じているようだ。本当は自分を好きなはずだと考えているらしい。自意識過剰にもほどがある。

「まあ、悪いのは俺のほうだからな。お前が素直になるまで、何度でも求婚してやるよ」

まるでネーヴァがまだ彼のことを好きなような、上から目線の台詞に苛立ちを覚えた。さすがに言い返そうと思ったところで、彼が言葉を被せてくる。

「あのね……」

「親父が死ぬ間際、お前のことをすごく心配してた。親父も責任を感じてたみたいでさ。まだネーヴァが独り身なら、男として責任を取れって言われた。白薔薇を送ってもいいくらいなら、親父の顔も立ててくれよ。きっと天国で喜んでくれる」

それを聞いて、ネーヴァはなにも言えなくなってしまった。亡くなった元義父の話を出されては、はっきり拒絶するのも憚られる。

ネーヴァの瞳が揺れたことに気付いたのか、彼はさらに故人の話を取り上げてくる。

「お前だって親父にはよくしてもらっただろう？　葬式にも出なかったんだし、白薔薇は送るんじゃなくてお前が直接墓まで来て供えてくれよ。その時には屋敷中をお前の好きな青で飾りつけてもてなすからさ」

「……」

亡くなったことを知らなかったのだから、葬式に出られるはずがない。そもそも、一般的には別れた夫の父親の葬儀など出る義理もないだろう。

そう頭ではわかっていても、元夫を拒絶することで故人をないがしろにしてしまう気がする。元夫は嫌いだが、それと義父を弔う気持ちは別だ。

思い返せば、ネーヴァが文官になろうと勉学に励んでいた時に協力してくれたのは義父だった。

嫁が出ていくつもりで試験を受けることはわかっていただろうに、決して邪魔をせず、屋敷の使用人にもネーヴァを気遣うよう指示してくれたのだ。こっそり最新の問題集を差し入れてくれたのも知っている。

ネーヴァが離婚して家を出ていく時も、「不肖の息子がすまない」と頭を深く下げてくれたのだ。元夫も義母もネーヴァを引き留めたけれど、そんな彼らを窘めたのが義父である。

今ネーヴァが文官としてここにいるのは、努力したのはもちろんのこと、義父のおかげでもあった。

(お義父《とう》様が、今際《いまわ》のきわにわたしのことを……)

あの義父のことだ。自分の命が消える直前までネーヴァのことが気がかりだったのだろう。たとえ独身でも、文官として毎日充実した生活を送っていると知っていたなら、義父もそんなことを言わなかったと思う。

だが、昔は離婚した女性への風当たりが強かった。きっと、義父はネーヴァが肩身の狭い思いをしていると考えたに違いない。だからこそ、息子に責任を取れと伝えたのだ。

元夫はここ最近は女遊びをやめていたらしいし、今の彼なら大丈夫だと思ったのだろう。

義父の心情は理解できる。しかし、義父に感謝の意はあれど、元夫のことは嫌いだ。その二つの気持ちが胸の中でせめぎ合って、ネーヴァはどうしたらいいかわからず立ち尽くしてしまう。

(せめて、お墓参りくらいは行くべきなのかも……)

心の天秤が傾きかけたところで、背後に気配を感じた。

「貴殿は彼女とかつて婚姻関係にあったのか?」

いつの間にかシモンがすぐ側まで来ていた。考えこんでしまい、彼が近づく気配にまったく気付かなかったらしい。

「は、はい。そうです」

シモンは見るからに偉そうな年上の男だ。それなりの立場の人間だと考え、元夫は急に背筋を伸ばす。

「そうか。……感謝する。貴殿がネーヴァと離婚していなければ、彼女がここで働き私と出会うこともなかっただろうからな」

「……は？」

「先程、離婚歴のある彼女を娶りたい男はいないと言っていたな？　心配するな。彼女は私が幸せにする」

シモンの言葉に元夫がうろたえる。

「な、なにを……」

「そういえば名乗り遅れたな。私はシモン・ジフォード。精霊省の大臣で、侯爵位だ」

立場も爵位も自分のほうが上であることを示すようにシモンはわざわざ元夫に伝えた。

男にとって地位は重要なことだ。元夫がどんな立場だろうと、自分に敵うわけがないとふんだのだろう。

「そんな立場のあなたが、どうして戸籍に傷のあるネーヴァなんか……。遊びならやめてください」

元夫は自分のことを棚に上げ、まるでネーヴァの味方だと言わんばかりにシモンに口答えする。

「ネーヴァなんか、だと？　これほど素敵なレディに対しなにを言っている？　彼女だからこそ、私は妻に迎えたいのだ」

元夫は身長があるが、シモンはさらに背が高い。腕を組みながら彼を見下ろす。

「ああそうだ。彼女はあんな場所に二つ並んだかわいい黒子があるのだな。もう貴殿が見ることは二度とないだろうが、私はこれから何度でもかわいがれる」

「……！」

肉体関係があったことをほのめかす発言だ。黒子という単語に元夫が目を瞠る。

一方、ネーヴァはわけがわからず疑問符を浮かべた。

（え？　黒子？　どこに？）

身体の色々な場所に黒子があるけれど、二つ並んだ黒子をネーヴァは知らない。一体どこにあるというのか。

「貴殿は彼女に何度でも求婚すると言っていたが、残念ながら彼女は忙しい。現に、彼女は今度の休日は我が侯爵邸を訪問予定だ。そうだろう、ネーヴァ？」

シモンが問いかけてくる。

もちろん、そんな予定などない。だが、ここはシモンの話に乗っかったほうがすんなりと元夫を追い返せると思った。

「は、はい。楽しみです」

ネーヴァは力強く頷く。

すると、元夫に対して険しい表情を浮かべていたシモンがふっと柔らかな笑みを浮かべた。

その顔にネーヴァの胸が高鳴る。

「……っ！」

先程まで元夫になにを言われようと、どんなに麗しい顔で迫られようと、微塵もときめいたりはしなかった。それなのに、シモンの一瞬の表情に心が動いてしまう。

ネーヴァの頬が微かに染まった。すると、元夫が初めて傷ついたような表情を浮かべる。

（あ……）

かつて離婚した時も、傷ついたのはネーヴァのほうだった。元夫は離婚を嫌がっていたもののの、傷ついてはいなかったのだ。

それが今、ネーヴァが自分に見せていた特別な表情をシモンに向けたのを見て、彼は悟ったのだろう。

――もう、ネーヴァの心には自分への思いがないのだと。

「……そうか。本当に俺とやりなおすつもりはないのか」

元夫はがくりと肩を落とした。

「よく聞いて。たとえ閣下と出会わなくても、あなたとやりなおすことはないと断言できる

わ。わたしにとってあれは最低の結婚生活だったの」

シモンが大臣だから、シモンが侯爵だから、元夫よりも立場のある男だから――そんな理由でネーヴァが復縁しないと思われるのは心外だ。

よって、やりなおさない原因は元夫にあるのだとはっきり伝える。

「……」

ネーヴァの言葉をどう受け取ったのだろうか？　彼の心情は読み取れないが、彼は「邪魔したな」とだけ言い残すと去っていった。

これでもう彼から復縁を迫られることはないだろうと、ネーヴァはほっとする。

「閣下、助けていただきありがとうございました」

「最愛の女性が困っていたのだから、当然のことをしたまでだ」

お礼を伝えてみれば、さらりと「最愛の女性」と言われて、またもやネーヴァの心が揺れる。

長い間忘れていた甘酸っぱい感情を、彼は呼び起こしてきた。

「さて、次の休日だが寮まで迎えの馬車を出す。時間はどうする？」

突然そんなことを聞かれて、ネーヴァは動揺した。

「……え？　あの、それって元夫を追い返すための方便ではないのですか？」

「君がはいと言った時点で約束は成立した。君が信仰する恋の精霊は、問題が生じないかぎり逢《あ》い引《び》きの約束を反故《ほご》にしてはいけなかったはずでは？」

どうやら、シモンはネーヴァの信仰する精霊の掟を把握しているようだ。まさにその通りで、約束を交わしてしまった以上、特別な理由がなければ逢い引きを断れない。

「閣下、本気ですか？」

「この私が冗談を言うとでも？　それに、監査が終わったら君を口説くと宣言していたはずだが。まさか忘れたわけでもあるまい」

「……っ」

確かに言われた記憶がある。

ただ、監査から戻ってからというもの、とにかく二人とも忙しかった。残業で二人きりになっても甘い雰囲気にはならなかったのだ。シモンはきちんと仕事をする男で、業務中に口説いてくるようなことはしない。

それに、ネーヴァはふとした瞬間にシモンと肌を重ねた時のことを思い出してしまう。恥ずかしくて、落ち着かなくて、それ以上に胸がどきどきしてしまうから、なるべく余計なことを考えないように仕事に打ちこんでいた。シモンも変に意識するようなことを言ってこないから、安心していたというのもある。

こんな状況で彼の家に行ったら、どうなるのだろう？

間違いなく、シモンは自分を口説いてくるだろう。そして、ネーヴァはそれに対しどう応えればいいのか？

　彼の言動に心が揺れている自覚はある。

　――それでも、一度離婚を経験しているネーヴァにとって、再び誰かと深い仲になるのは勇気のいる行為なのだ。

　もっと若ければ気を強く持てただろうが、あいにく二十代後半だ。まだ若いといえば若いけれど、身も心も十代の頃のような元気さはない。

「さて、君たちが話しこんでいる間に今日の作業は終えておいた。もう帰ろう。寮まで送っていく」

　戸惑っているネーヴァは彼に促されて帰宅の準備をする。その夜は元夫のこと、義父のこと、そしてシモンのことで頭がぐるぐるして寝付けなかった。

　翌朝のシモンはいつも通りで昨日の名残《なごり》すらなく、きびきびと仕事の指示を出している。

　ネーヴァは目の前の書類に集中し、気がつけば約束の日になっていた。


　――土曜日。休日なのでゆっくり寝ている者も多く、寮の中は静かだ。

　ネーヴァの国では土曜と日曜が休日に設定されており、信仰する精霊によっては依り代の元を訪れて祈りを捧げる日でもある。平日よりも休日のほうが忙しくなる人もいた。

恋の精霊に休日の予定はなかった。そして、ネーヴァはこれからシモンとの約束が入っている。

ネーヴァはドレスを所持している。王城でのパーティーに参加する時は文官服ではなく、正装であるドレスの着用が決まっているのだ。

侯爵からの招待だ。ドレスを着ていくべきか迷うが、迷ったあげく、ネーヴァはワンピースドレスを着用することにした。これなら着用するのにメイドの手伝いは不要だし、なによりドレスのようにパニエを必要としないのでスカートがすっきりとし、動きやすいのだ。

もちろん貴族用のワンピースドレスなので光沢のある上品な生地で作られており、デザインも庶民の服とは一線を画している。この国の女性にとっては準正装であり、ドレスを着るほどの場ではない時にぴったりの衣装だ。

ネーヴァは着替えて、寮の一階にあるホールで迎えを待つ。ホールには見事なドレープのドレスで着飾った令嬢たちがそわそわした様子で窓の外を眺めていた。

おそらく、これからデートなのだろう。

女性貴族のための寮にいるのは、ほとんどが独身だ。身分にかかわらず、勤労に励むことという掟を持つ精霊もいるので、そういった貴族令嬢の働き先として王城はとても人気がある。だから専用の寮があるのだ。個別のメイドはいないが、使用人は常駐しており、一人で着用できないドレスを着る際は手伝ってくれるし、髪も整えてくれる。

独身の令嬢たちにとって、休日のデートはささやかな楽しみだ。城で素敵な男性と出会うこともあり、逢瀬《おうせ》を重ねることで親交を深めていくのだろう。

ホールにいる令嬢たちはネーヴァよりも若かった。

(わたしもちゃんとドレスを着るべきだったかしら……)

途端に自分がみっともなく思えてしまう。

それでも、離婚歴のあるいい年の女が行事でもないのにわざわざドレスを着る気恥ずかしさもあった。ここにいる皆は自分の恋に精一杯で、他人の装いなんて誰も気にしないだろうに、ネーヴァは自分で決めつけてしまう。

寮の前に馬車が到着すると、自分の迎えだとわかった令嬢は嬉しそうに出ていく。恋を楽しむその姿は眩《まぶ》しく見えた。

「あら、すごい馬車が来たわよ。どこの家の馬車かしら?」

迎えはまだかと、窓の外の眺めていた令嬢が声を上げる。

「あれは、私のお迎えじゃないわね」

「わたくしもあの馬車は見たことがありませんわ」

ひときわ目立つ馬車の登場に令嬢たちはざわついた。ネーヴァも外に視線を向けるが、これまた見事な馬車である。かなり高位の貴族が乗っていると見受けられた。

（まさか……）

嫌な予感がしつつその馬車を見ていると、一人の男性が降りてくる。

――シモンだ。

ぱりっと糊《のり》が利いたシャツは流行《はや》りの立て襟で、光沢のあるクラヴァットは上品な白色だ。文官服では手袋を装着しないが今は黒の手袋をつけていて、それがまた彼に似合っている。ウエストコート、さらにフロックコートを羽織り、かなり気合いの入った装いだった。

「ねえ、あれ精霊省の大臣じゃない？」

「なんでこんな場所に？　仕事かしら？」

「文官服じゃないわよ。でも、昼の正装ってことは重要なお仕事かしら」

大臣の中では若いシモンは、城勤めの女性には有名である。彼が女性の寮の前に現れたことに、皆が興味津々だ。

ネーヴァは物音を立てず、こっそりホールを出ていこうとする。

「精霊省っていったら、もしかして……」

誰かが振り返り、ネーヴァに視線を向けた。ネーヴァの職場が精霊省だと知っている者は半々だろうか。

寮の外に出ていこうとするネーヴァを見て、彼女たちはにやにやする。

「あら？　こちらは正装じゃないってことは、もしかして……」

「あの堅物大臣にまさかのロマンスが？」

もしネーヴァがきちんとしたドレス姿ならば、仕事だと思われただろう。

だが、準正装だ。どう考えても仕事に行くような姿ではない。

「ワンピースドレスっていうのも逆に大人っぽくて格好いいわよね」

「ネーヴァさん、いってらっしゃい！　あとでお話聞かせてね！」

言葉をかけられると、いたたまれなくなって俯いてしまう。注目を集めてしまったようだ。

(迎えをよこすとは聞いていたけど、まさか閣下本人が来るとは思わないじゃない！)

二人でどこかに行くわけではなく、目的地は侯爵邸だ。シモンが直々に迎えに来る必要もないのに、よりにもよって彼は目立つ馬車で現れてしまった。

令嬢だけでなく、寮の使用人もネーヴァに意味ありげな視線を向けてくる。今日寮に帰ったら質問攻めに合いそうな気がした。

寮の外に出て車止めに向かえば、シモンが気付く。

「ごきげんよう、レディ」

「ごきげんよう、閣下。……とても目立ってましたよ」

「なぜだ？　休日、ここに男が来ることは珍しくはないだろう？」

そう話している間にも新しい馬車がやってくる。もちろん若い男が乗っていた。独身令嬢の寮なのだから、休日はデートのお迎えで賑《にぎ》わうのだ。

「この立派すぎる馬車だけでも目立つのに、閣下がいらしたことで注目を……、……っ！」

突如、シモンが跪《ひざまず》く。そしてネーヴァの手を取ると、その甲に口づけた。

きゃあと、どこからか黄色い悲鳴が上がったのが聞こえる。

紳士の挨拶だけれども、ここは格式ばった場所ではない。大抵の男性は立ったまま相手の手にキスするだけだが、シモンはわざわざ跪いた。美形だからその姿も様になる。

「さあ、行こうか」

彼はネーヴァの手を握ったまま立ち上がると、流れるようにエスコートして馬車に乗りこむ。手慣れているようにしか見えないが、彼が過去に女性と付き合ったという話は聞いたことがないし、そもそも先日まで童貞だった。

仕事ができる男は、デートのエスコートまで完璧なのかもしれない。

馬車に乗ると、彼はネーヴァの服装を褒めてきた。

「君は仕事ができるから文官服も似合うが、そういった装いも素敵だな」

そう言われたところで、気合いの入ったドレス姿を見たばかりのネーヴァは素直に喜べない。

「正装でなく申し訳ありません」

「舞踏会に参加するわけでもないし、問題はないだろう？」

シモンは小首を傾げた。

そう、ネーヴァの服装は失礼ではない。準正装のワンピースドレスであり、ささやかな招待にはふさわしいといえる。

「でも、閣下が正装でいらしてくださったのに……」

「私は君を口説くのだから気を遣って当然だ。流行りを意識してみたが、どうだ？」

「さすがです。似合ってます」

シモンの装いは完璧だった。だからこそ、余計に正装でないことが気になってしまう。

「わたしもドレスを着てくればよかったです」

ぽつりと呟けば、シモンが言う。

「それならば、今から買いにいくか？　ぜひ贈らせてくれ」

「な……！」

ネーヴァは絶句する。初デートでドレスを贈るだなんて、聞いたことがない。

「よし、行き先を変更するか」

御者に伝えようとした彼を慌てて止める。

「待ってください。高価すぎていただけませんし、わたしもドレスくらい持ってます」

「私と君の初めての逢い引き記念だ。このくらいいいだろう？　それに、私はこの年まで独り身だったからな。金の心配は無用だ」

彼はしれっと言い切った。このままでは本当にドレスを貢がれてしまう。

「そもそも、ちゃんとしたドレスショップは事前の予約が必要です。いきなり行っても買えません」

「なんと……女性はそうなのか？」

「ええ、そうなんです」

ネーヴァは頷く。

紳士服は予約なしでも対応してもらえるけれど、王都のドレスショップは基本的に予約制だ。それを知らないということは、やはり彼は女性と付き合った経験がないのだろう。ドレスショップはデートの定番の場所なので、恋人のいる男性にとって予約は常識である。

「ふむ。勉強しておこう」

顎を撫でながらシモンは頷く。次にデートする時はネーヴァよりもドレスショップに詳しくなっていそうだ。

(……って、もう次を考えてるなんて、わたしもどうかしてるわ)

シモンを眺めながら、ネーヴァは耳を赤くする。

(でも、今日の閣下は本当に素敵だわ)

いつもと違う装いの彼は魅力的だった。

王城のパーティーなど、正装姿はどこかで見たことがあるはずだ。しかし、今まで彼のことを特に意識していなかったので記憶になかった。会場内で彼を見かけたところで、まともに見なかったのだろう。

流行りを意識しながらも落ち着いた色合いの服はシモンによく似合っていた。すらりと伸びた脚を組むと、よく磨かれた革靴が目に入る。こちらも仕事の靴とは違うものだ。

(この人が、わたしのことを好きなんて……)

どこからどう見てもいい男だ。しかも大臣職で、侯爵でもある。四十歳だけれど、そうは見えないくらい若々しい。

「そういえば、閣下のご両親にはどうご挨拶をすればいいのでしょう？」

口説かれている最中なので、恋人でもない。彼の家に行くとなれば当然親もいるだろうし、緊張してしまう。

「私の両親はすでに鬼籍に入っている。年を取ってからの子供だったからな。生きていたとしても、かなりの年だ」

「それは……白薔薇を送りますね」

面識のない相手でも、親しい人の親族ならば弔いの白薔薇を送ることもある。

(閣下はもう四十歳ですものね。ご両親がいらっしゃらなくても、おかしくはないわ)

かつてのネーヴァにとって、シモンはただの上司で特別な存在ではなかった。彼も自分のことを話すような性格でもなく、もう両親を亡くしていたなんて初耳である。

そういえば、監査に向かう馬車の中で彼の生い立ちを聞かされたけれど、両親の死は語られなかった。自分はシモンのことをあまり知らないのだと思ってしまう。

「君のご両親はご健在か？」

「はい。実家の男爵領で弟夫婦と暮らしています」

「そうか。そのうち挨拶に行かないとな」

「挨拶って……まだわたしたちはそういう関係ではありませんよね？」

気が早すぎて苦笑してしまう。

そもそも、ネーヴァの両親は五十手前だ。もし自分たちとたいして変わらない年齢の男を連れていったら驚くだろうし、役職と爵位にもびっくりするだろう。

「白薔薇で思い出したが、先日の男。私のほうから君と連名で白薔薇を手配しておいた」

「えっ」

「しつこそうな男だ。君が直接送ると、また言いよってくるかもしれないだろう？　私と連名にしておいたほうがいい。それに、大切なのは弔う気持ちだ。最上級の白薔薇を手配しておいたから、故人にも君の思いは伝わるだろう」

「……あ、ありがとうございます」

直接供えに行くわけではなく送るのだから、シモンが手配したところで問題はない。

しかし、白薔薇は値段によって品質に違いがある。高いのは青みがかかった白色で、クリーム色の赤みのある白薔薇は安い。

シモンが手配したのなら、当然一目で高価だとわかる代物だろう。しかも連名で送るというのは元夫への牽制《けんせい》だ。意外と大人げないと思ってしまう。

「もう戸籍上の繋がりはないのに白薔薇を送るなど、義理の父親は君にとって尊敬に値する人物だったのか？」

「……はい。とてもよくしていただきました。わたしが文官になれたのも義父のおかげです」

「そうか。よければ、思い出話を聞かせてくれないか。自分が白薔薇を送った相手がどんな人物なのか気になるし、なによりもっと君のことを知りたい」

「わかりました。……閣下の話も聞かせてくださいね。わたしも閣下のことを知りたいです」

「そうか。お互いに知りたいというわけか」

シモンが嬉しそうな表情を浮かべる。

表情の少ない男だと思っていたけれど、最近は色々な表情を浮かべるようになった。時折見せてくれる柔らかな顔は、ネーヴァの胸の奥をくすぐってくる。

——そして馬車の中で互いのことを話していると、あっという間に侯爵邸に到着した。

もちろん、降りる時もシモンのエスコートを受ける。

ちゃんとしたドレス姿ではないから一人でも簡単に降りられるけれど、先に降りて差し伸べてくれた手を無視することはできなかった。

侯爵邸の庭はよく手入れされており、建物もとても立派で厳かな雰囲気がある。自分の実家や嫁いだ男爵邸も貴族の屋敷として体裁を保っていたが、ここまで大きくはなかった。住んでみたいというよりも、維持管理が大変そうだと思ってしまう。

玄関の前には使用人が立っていて、扉を開けてくれた。すると、ずらりと並んだ使用人たちが出迎えてくれる。

ネーヴァは、ずっと独身を貫いていた主人が連れてきた女だ。使用人たちに見定められるかもと思い、思わず足を止めそうになる。しかし、そこにいた者たちは温かみを感じられるような人ばかりで、値踏みするような不躾《ぶしつけ》な視線を向けてくる使用人はいなかった。

あのシモンに仕えるのだから、侯爵邸の使用人たちはきびきびしている仕事人間ばかりだと思ったので意外である。

「ネーヴァ。中庭に温室があるから、そこでお茶をしよう」

「まあ、温室ですか！」

ネーヴァはぱっと表情を輝かせる。

城にも温室はあるが王族専用のものであり、手入れをする者や王族の世話をするメイドくらいしか立ち入りを許されない。

かといって、温室を持てるような貴族はごく一部だ。もちろん、侯爵家にならあってもおかしくない施設である。

(温室に入れるなんて嬉しいわ)

わくわくしながら広い館内を歩くと、中庭にたどりつく。そこにある温室の扉をくぐれば、植物独特の香りが鼻に届いた。季節外れの花も咲いているし、花屋で見かけるものより大ぶりな花弁に驚いてしまう。

「まあ、すごい。こんなに大きく咲いているお花を見るのは初めてです」

「改良を重ねたものだ。よければ持って帰るか?」

「いいえ、お気持ちだけで結構です。寒さに弱い花ですから、持ち帰ったらすぐに枯れてしまいます。こんなに立派に咲いているのですから、どうかこのままで。今のうちによく見ておきますので」

「了解した。では、温室をひと回りしてからお茶にするか」

温室の中には知らない花も咲いていた。気になって足を止めれば、それに気付いたシモンが花の名前を教えてくれる。花の知識まであるとはさすがだ。

侯爵邸に招待され、一体なにをして過ごすのだろうと思っていたが、温室を見るのは楽しかった。こんなにたくさんの花を眺めたことなど、今まで一度もない。

温室を一周回ると、中央にあるテーブルセットに腰を落ち着ける。すると、すぐに紅茶と菓子が運ばれてきた。三段のティースタンドには、小さくてかわいいケーキやクッキーが並んでいる。侯爵邸のシェフが腕を振るったのだろう。

紅茶も香りがよく、いい茶葉だとすぐにわかる。

「素敵な温室ですね。ここにはよく来るのですか？」

「いいや、最後に訪れたのはいつだったか覚えていないくらいだ。この温室は私の母が大切にしていたもので、母亡きあとは庭師に任せて維持するだけだった。……だが、花を楽しむ君の顔を見ていると、この温室を保っていてよかったと思う」

「……っ」

「綺麗だ、とても」

シモンはまっすぐな視線を向けてきた。せっかくの温室なのに、彼は花を眺める気はないらしい。ネーヴァだけを熱心に見つめている。

「私のことは気にするな。さあ、食べてくれ。私は甘いものを好まず、こういったものを作ってもらう機会は滅多になかったが、うちのシェフの作る菓子は絶品だと母も褒めていた」

そう言って、彼は皿に取りわけてくれる。

見られながら食べるのは緊張するけれど、シモンが甘いものを苦手とするなら、ネーヴァが食べなければ無駄になってしまう。

ネーヴァはとりあえず小さなケーキを口にした。ビターなチョコレート生地に、甘酸っぱいジャムの組み合わせがとても美味しい。

まう。


「……美味しいです」

「そうか」

シモンは紅茶を飲みながら双眸《そうぼう》を細める。その眼差しはとても優しげだ。

ネーヴァも最初の一口、二口は緊張していたけれど、あまりに美味しくて夢中になってしまう。

「本当に美味しいです。こんなケーキが売ってたら、毎日でも買いに行きます」

「それならここに来ればいい。いつでも歓迎する。むしろ私の妻になれば毎日食べ放題だぞ」

さらりと口説かれれば、なんと答えたらいいか迷ってしまう。

しかし、シモンは答えを要求することはなかった。ただ一方的に伝えてくるだけなので、ネーヴァとしてもとても助かる。

会話が途切れそうになれば、シモンのほうから花の話題を提供してくれた。おかげで気まずい思いもすることもない。

温室で楽しい時間を過ごしたあと、「見せたいものがある」とシモンは言った。温室の次はなんだろうと考えながら彼についていく。

侯爵邸は三階建てで、その最上階の一室に案内された。ここになにがあるのかと思いきや、扉の先にあった光景にネーヴァは目を瞠る。

「これは……」

そこには、宝石だとかプレゼントだとか、特別なものがあったわけではない。その部屋そのものがネーヴァのために準備されたものだったのだ。

大きな窓には淡い桃色のレースカーテンがつけられている。お姫様が使うような天蓋付きのベッドも、カバーの色は鮮やかな桃色だ。しかも枕にはふりふりのレースまでついている。ドレッサーは楕円形の鏡が特徴的で、白を基調とした作りだ。桃色に囲まれた部屋なので、白い調度品はよく似合う。

とてもかわいらしい雰囲気で、十代の女の子が夢見るような部屋だった。

「君の元夫だが、君のために屋敷を青で飾ると言っていたな？　確かに君には落ち着いた深い青も似合うだろう。しかし、私が思う君のための部屋はこうだ」

「閣下……」

嬉しいというよりも、胸がいっぱいになって泣きそうになってしまう。鼻の奥がつんとした。

「わたし、こんなにかわいらしくなんて……」

「君は自分の容姿は認めるのに、かわいさになると途端に卑屈になるな。君はとてもかわいい」

「わたしはもう二十八歳です」

「まだ二十八だ。私の年は知っているだろう？　私にとって君は若くて愛らしい。……さあ、座ってくれ」

真新しいソファには淡い桃色のカバーがかけられている。座ってみると、また部屋の中が違って見えた。見上げてみれば、シャンデリアの装飾まですごい。

「君はこの部屋をどう思う？　嫌な気分になるか？」

「……いいえ、そんなことはありません。ただ、この部屋のかわいさは、今までわたしが諦めていたそのもので……まさか、この年になってこんなかわいらしい部屋に入るなんて」

ネーヴァはそっとカバーをなぞる。

どうせ自分には似合わないと諦めていたものが、この部屋にあった。彼が桃色のクッションを選んでくれた時のことを思い出す。

似合わないから持っていなかっただけで、本当は桃色が好きなのだ。誰にも言っていなかったのに、彼はネーヴァと親しくなる前からそれに気付いていた。

そのことに、胸の奥がしめつけられる。

「かわいい部屋だろう。気に入ったら泊まっていくといい。君のために用意した部屋なのだから」

元夫が精霊省に来てから、わずか数日。その短期間でこの部屋を準備したのだろう。

まるでお姫様が過ごすような部屋にいるだけで気分が上がってくる。

「閣下」

「なんだ」

返ってきた声はとても優しい。仕事中の冷たく利発的な声色とは違い、そこには温かみがあった。

シモンの声も、眼差しも、行動も、そのすべてから自分への愛情を感じる。彼は本当にネーヴァを思ってくれているのだろう。

そしてネーヴァもまた、彼の好意に心が揺れているのも確かだった。なにか言われるたびに嬉しく思うし、胸が高鳴る。年甲斐もなく頬を染めたりもした。

結婚経験があるのだから、これはもう恋心が芽吹いているのだと自分でもわかっている。

ネーヴァは観念したように口を開いた。

「お心遣い、とても嬉しいです。この部屋に入って、まるで少女のような気分になりました」

「ならよかった」

「……それに、閣下になにか言われたり、触れられたりすると心が落ち着きません。離婚してからもそれなりに男性に言い寄られましたが、こんなふうに感じるのは初めてです。おそらく、わたしは閣下に心惹かれているのでしょう」

はっきりと伝える。

「閣下はわたしと恋仲になりたいのですか？　結婚までお考えですか？」

「もちろんだ。妻にしたい」

「それは無理です」

ネーヴァは伏し目がちに答える。

「わたしはもう結婚したくありませんし、男性と付き合いたくもありません。離婚した時に二度とこんな経験はしたくないと思いましたし、恋すらしたくありませんでした」

「なるほど。君の言う『こんな経験』が浮気をされたことだとすれば、それは絶対にありえない。一度騙された身としては信じられないかもしれないが、私は不貞を好む性分ではない。信じられないのなら、不貞を禁じる精霊に信仰を変えてもいい」

シモンはすかさず反論してくる。

「閣下がどういう人なのか、わたしもよくわかっております。……それでも、わたしは怖いのです。元夫だって、結婚するまでは不誠実な男ではありませんでした。結婚してから人が変わったように遊び始めたのです」

元夫とのことを思い出す。

彼は顔のよさでもてていたけれど、ずっとネーヴァに一途だった。どんな女性に言い寄られても袖にしていたから、ネーヴァだって彼と結婚すると決めたのである。

しかし結婚した途端、今度は独身の時と違う種類の女性が元夫に群がるようになった。

――一夜の遊びを求める女性たちだ。

独身の頃の夫を狙っていた女性たちは顔のよさに惹かれ、ゆくゆくは結婚したいと恋人の座を狙っていた。顔がいい男を夫として同伴できれば、社交界でも鼻が高いからだ。ネーヴァのいた場所は辺境だけれど、田舎の貴族ほど体裁を気にし、小さなことで相手の上に立とうとする。

元夫も、独身時代に寄ってくる女性たちがあわよくば結婚まで考えていることを察したから相手にしなかったのだと思う。

その一方、結婚後の誘いは後腐れのない一夜の遊びだった。

ネーヴァは元夫の相手を知らなかったけれど、おそらく既婚者だろう。お互い伴侶がいて、本気にならないとわかっているからこそ安心して遊べるのだ。

浮気したところで身体だけの関係で、離婚するつもりはない。だから許されるだろうと、軽い気持ちで不貞を繰り返していた元夫。覚えてしまった遊びが楽しかったのか、ネーヴァがなにを言っても止まることはなかった。

最終的に恋心は消えたけれど、そうなるまでの過程がとてもつらかったのを覚えている。

一人きりのベッドで思い出すのは楽しかった記憶ばかり。もともと細かったけれど、食欲が落ちてさらに痩せてしまった。元夫は知らないが、吐いてしまう時さえあったのだ。

恋人だったら簡単に別れられたのに、結婚してしまった以上はそう簡単に離れられない。

さらに「子供はまだか、あの子が他に女を作るのはお前に問題があるからだ」と義母にも叱られる始末。

そんな義母を窘めてくれたのが義父だったけれど、とにかく、当時は生きているだけで精神が消耗した。あの頃が二十八年間の中で一番苦しかったと思う。

文官を目指すことでなんとか気持ちを立て直して、元夫への恋情を振りきった。

しかし、こんなことになるのなら、二度と恋をしたくないと強く思ったのだ。当時のネーヴァが負った傷は深かったのである。

「もちろん、閣下は元夫とは違います。閣下がいかに潔癖で生真面目かも知ってます。だからといって、また男性を信じられるかといったら……わたしには難しいです。離婚を決意した時のことがつらすぎて、もう耐えられないのです」

たくさんの男に裏切られようが、何度でも恋をする強い女性もいる。心の強さは人それぞれだ。

ネーヴァはもう、恋をする勇気がない。……否、もう彼に恋をしてしまったけれど、だからといって結婚までしたいとは思えないのだ。

「私の性分を知っていてもなお、信じられないというのか」

そういったシモンの口調はとても穏やかだった。仕事の時によく聞く責めるような口調だったら怯えてしまっただろう。

好意を寄せてくれる彼に対して酷いことを言っているのに、シモンは怒る様子もない。だから、ネーヴァも素直な気持ちを伝える。

「元夫はあの顔のよさで女性が寄ってきました。……閣下もとても顔立ちが整っていらっしゃいます。今までは浮いた噂がないから寄ってくる女性たちの数も少なかったでしょうが、結婚したら絶対にたくさんの女性が誘惑してきます。わたしにはもう、閣下なら大丈夫だと信じる強さがないのです」

「なるほどな。君の気持ちの問題か。……そして、その一番の原因は私の性格ではなく、顔という物理的要素だと」

シモンは顎に手を当てた。

性格ならともかく、顔の作りは持って生まれたものでどうにもならない。ネーヴァは彼の整っている顔が原因だと正直に伝えることで、諦めてもらおうと思った。

――だが。

シモンは部屋の中の暖炉の前に移動する。新聞紙を破いて暖炉の中に入れると、マッチで火をつけた。暖炉の中に朱色の炎が立ち、彼は火かき棒を持つと先端を炎であぶる。

「閣下？　どうしたのですか？」

冬でもないのに、突然暖炉をつけるという奇行を起こした彼にネーヴァは戸惑う。しかも、火かき棒は鉄でできていた。炎であぶり続けていては、持ち手のほうまで熱が伝わり火傷《やけど》してしまう恐れがある。

もちろん、それがわからないシモンではない。

「私の性格の問題なら、いかに改善しようにもわかりづらいが、顔だというのなら簡単だ。焼けばいい」

「……は？」

「顔のよさで女性が寄ってくるのが心配なら、醜くすれば問題なかろう。自分の顔などどうでもいい。私が執着しているのは君だ」

「……！　ちょっと待ってください！」

焼き印のように、熱した火かき棒を顔に押し当てて火傷するつもりだとすぐにわかった。ネーヴァは慌てて立ち上がると、火かき棒を持つシモンの手を押さえる。

「馬鹿なことはやめてください！」

「いたって合理的だと思うが？　これで君が手に入るなら安いものだろう。それより危険だから下がっていなさい」

「絶対に駄目です！　火かき棒をしまってください！」

「……わかった」

ネーヴァがすぐ側にいては、顔を焼く行為は危険だと思ったのだろう。シモンは大人しく火かき棒を元の場所に戻す。

それを見て、ネーヴァはほっと胸を撫で下ろした。だが、シモンは無情にも言い放つ。

「今ここでやめたところで、君が帰ったら私は同じことをするぞ」

「そんな……」

「私はそれほど君が欲しい。そのためにならなんでもする。どこまですれば、君に再び恋をする勇気を与えられるというのだ。教えてくれ」

シモンは跪くと、両手でネーヴァの手を包みこんだ。暖炉の火と同じ、深紅の瞳がまっすぐに見つめてくる。

気がつけば、ネーヴァの目から涙が零《こぼ》れ落ちた。

「どうして、そこまでわたしを……」

「さあな。私が聞きたいくらいだし、恋は理屈ではない。私はなにをしてでも君が欲しい。絶対に不貞はしないと誓う。……君だけを愛している」

彼の眼差しは揺らぐことなくネーヴァを射貫《いぬ》いてきた。

シモンの言葉に嘘はない。顔が問題ならばと焼こうとするくらいなのだ。心の底からネーヴァを求めている。

ネーヴァは横目で暖炉と火かき棒を見る。冗談ではなく、彼は本気で行動に起こすだろう。

そんなことになれば、ネーヴァは気に病んでしまう。彼は自分でしたことだからとネーヴァを責めることはないだろうが、自分の発言が原因で一生消えない傷を負わせることになれば、それこそ胸が痛い。

「そこまで……わたしを好きなのですね」

「もちろんだ」

シモンが即答する。それを聞いて——。

(……もう、いいか)

ネーヴァの心の中で、なにかが折れた。

頭の中に浮かんだのは、たいして会話もしたことがないけれど、結婚と離婚を繰り返している従姉妹《いとこ》の顔だった。親族の集まりで顔を合わせるたび、彼女は「また離婚しちゃったー」といつも楽しそうに笑っていた気がする。

頭の固い親族は彼女をよく思っていなかったけれど、今になってネーヴァは共感を覚えた。

(もっと気楽に考えてもいいのかもしれない)

こうしようとか、こうあるべきとか強い信条を抱いて生きるのに疲れてしまった。

「一度離婚してるんです。二回になろうと三回になろうと、たいして変わりはありませんね。傷つきたくないと閣下の気持ちを突っぱねるのも疲れました」

「ネーヴァ、それは……」

「閣下があまりにもわたしのことを好きだから……もう、流されることにします。わたしも閣下の気持ちが嬉しいですし」

桃色に囲まれたかわいらしい部屋。すでに、この空間からして彼の強すぎる思いが伝わってくるのだ。

さらにシモンは顔を焼くつもりだし、跪いてまっすぐな愛を伝えてくる。

もう二度とつらい思いをしたくないという気持ちよりも、ここまでの彼の愛を拒絶するほうが大変だと思った。

わずか四十歳にして大臣の座にいる男だ。どう断ろうと、彼はそのすべてを解決して愛を請うだろう。多分、ネーヴァのためならなんだってしてしまいそうである。

——断るよりも、受け入れるほうが楽だ。

それに、ネーヴァだって彼のことが嫌いではない。こんなにも胸がときめくのは好きだからだ。どうせシモンを振ったところで、勝手に一人で傷つくだろう。

「ネーヴァ……」

「……っ」

シモンは跪いたままネーヴァの手に頬ずりをする。触れた部分から彼の愛情が伝わってきた。

「大丈夫だ。私は絶対に君に悲しい思いをさせない。年齢的に私のほうが先に逝くだろう。だとしても、穏やかな気持ちでその時を迎えられるよう最善を尽くす。悲しい別れではなく、最期まで愛されていた幸せで君が笑いながら看取《みと》れるように」

ああ、彼は本当に死ぬまで自分と添い遂げる覚悟があるのだと胸が震えた。臆病だった心が少しずつほぐれてきて、嬉しいという素直な感情がこみ上げてくる。

「ネーヴァ」

シモンが立ち上がる。今度はネーヴァが彼を見上げた。

「口づけても？」

「……はい」

瞳を閉じれば、両頰を手で包まれる。そっと触れてきた唇の感触に胸がじんとした。そして、ネーヴァは自分も彼を好きなのだと実感する。キスを交わしただけで、こんなにも心が躍るのだ。

「ん……っ」

頰に触れる手つきは優しい。キスはとても心地よくて幸せな気分になったけれど、ネーヴァは困ってしまった。

――あの激しい情事のことが脳裏をよぎってしまうのだ。

あの時もこうして両頰を包まれながらキスしていたものだから、どうしても思い出してしまう。

こんな昼間から、しかも清い口づけなのに淫らな思考に染まる自分が恥ずかしかった。

シモンの舌先がネーヴァの唇をなぞる。深い口づけになる予感がして、ネーヴァはそっと彼の胸を押し返した。

力は入れていないのに、シモンはすっと身体を引いてくれる。

「すまない。不慣れだから、なにか嫌なことをしてしまったか？」

「いいえ、違います。キスは気持ちいいのですが、その……色々と思い出してしまって」

そう答えたネーヴァの頰は赤らんでいる。

「奇遇だな。私も同じことを考えていた」

「……まだ昼間ですから」

ほんの数分前まで、シモンの気持ちを受け入れるかどうか話していたのだ。恋仲になったばかりで、いきなりそういうことをするのは早急な気がする。

もっとも、彼とはすでに一線を越えている。しかしそれは香と酒の因果関係を調べるためだったし、今は催淫状態ではないのだ。

すぐに肌を重ねるなんて、まるでそっちが目的のような、いやらしい感じがしてしまう。

せめて暗くなるまで時間を置きたい。

「昼間にするのはいけないことなのか？」

「え」

純粋そうな眼差しでシモンが訊ねてきた。

……そう、彼はつい先日まで女性経験がなかった男だ。付き合うのもネーヴァが初めてのはず。そういう一般常識を知らないのだろう。

「いけないわけではありませんが、ベッドを使うのですから大体は夜です。……それに、昼間だと明るくて恥ずかしいですし」

「禁じられてないなら構わないだろう。あと、夜に比べてよく見えるのが嫌だというなら、どうせ私には見えん。眼鏡を外すわけだからな」

淡々と論破されていく。

「そもそも、こんな昼間から……使用人のかただってどう思うか」

「うちの使用人は優秀だ。独身の男女を部屋に二人きりにすることなど普通はない。だが、今そのような状況にされている意味がわかるか？」

「えっ」

言われてみれば、この部屋には二人きりだった。先程の温室にいた時はテーブルの側にメイドが控えていたのである。

「不用意に女性と二人きりになるのは避けるべきことで、もし相手が君でなければ執事かメイドを側につかせた。我が家の優秀な使用人たちは、私がこの部屋に待機させなかったことの意味を正しく理解している」

「……！」

確かに、侯爵家の使用人ともあろう者がそんな不注意を犯すはずがない。初めからわかっていたのだ。この部屋で数時間過ごしたところでおかしく思わないだろう。

「あとは、なにが気になる？」

眼鏡を外しながらシモンが言う。彼はとても目が悪いのだ。わざわざ外すなど、もう彼はその気のようだ。

「恥ずかしいです」

消え入りそうな声で呟く。

「そんなこと考えられないくらい、どろどろにとろかしてやる」

「……っ」

眼鏡をテーブルの上に置き、彼は再びネーヴァの両頬に手を当てた。先程は眼鏡をつけていたから激しい口づけをしなかったが、今度はいきなり唇を舌で割られる。抵抗する間もなく口内を貪られた。

「っ、ん……っ、ぅ」

彼のキスはとても上達していた。監査の時は肌を重ねながら、ずっと唇を合わせていたのだ。できのいい彼はどうすればいいのか、すぐにコツを掴んだのだろう。

現に、長い舌が上顎を舐めながら奥まで伸ばされる。

「ん……っ！」

喉に届きそうなほどの舌に翻弄されて、ネーヴァの腰が震えた。すると、彼が顔を離して激しいキスから解放してくれる。

「君はこうされるのが好きだったな？　覚えている」

唇を濡らした彼が艶やかに微笑んだ。

「とても立っていられないです……」

「では寝ればいい」

彼はひょいとネーヴァを抱き上げる。四十歳とは思えないほど逞しい。

桃色のカバーを取り払われ、ベッドの上に身体を横たえられた。その上にシモンが覆い被さってくる。

「始める前に確認したい。君は恥ずかしいとは思えど、私に抱かれることは嫌とは言っていなかった。それでは、これから先の行為について同意は得られるか？」

ネーヴァの服に手をかける前に、きちんと問いかけてきた。彼の信仰する精霊は同意のない性交渉を禁じているので、彼は確認してくる。

気の強いネーヴァが抵抗しない時点で答えは出ているようなもので、わざわざ言わされることに羞恥心を煽《あお》られるけれど、大切なことなのではっきりと伝える。

「はい、同意します」

「齟齬《そご》を防ぐために詳しく確認したい。今の同意はどこまでの行為を示す？」

「そこまで言う必要あります？」

なんてことを言わせようとしているのか。ネーヴァは動揺するけれど、期待に満ちた眼差しで見つめられたら弱い。あれほど愛の言葉をもらったのだから、お返しにネーヴァからも彼が喜ぶことを言うべきかと思った。

「閣下に抱かれることです。……つまり、閣下の好きにしてほしいです」

これ以上具体的なことを言わされたら困ってしまうので、相手に委ねようと「好きにしてほしい」と口にした。すると、シモンの目に劣情が灯《とも》る。

（あ……）

彼の導火線に火をつけてしまったのだと気付いた時にはもう遅かった。すぐさま口づけられて、言葉を封じられる。

「んっ……！」

今度は頬に触れてくることはなかった。彼はキスをしながら、ネーヴァの服を脱がしていく。

もしドレス姿だったら、ここから先の行為は大変だった。しかし今はワンピースドレスだ。一人で着用できるものなので、簡単に脱がされてしまう。

衣服が取り払われても寒くは感じなかった。先程暖炉に火をつけたおかげかもしれない。

シモンはとても器用で、手際よく服を脱がされていく。

もちろん、キスは激しいままだ。互いの唾液が混じり合い、唇から淫らな音が奏でられる。

「ふぅ……ん、っ、はぁ……」

獰猛《どうもう》な口づけに翻弄されているうちに一糸纏《まと》わぬ姿にされ、彼もまた服を脱いでいた。正装を着こんでいたのに、こんなにすぐに脱げるなんてすごいと感心してしまう。

露わになった肌と肌が密着すると、これから抱かれるのだと強く実感した。

暖炉の灯ったこの部屋はネーヴァにはちょうどいいが、彼には少し熱いらしい。彼の肌はしっとりと汗ばんでいる。

「ネーヴァ……」

キスから解放されたと思えば、彼の薄い唇が首筋に当てられる。ちゅっと音を立てながら強く吸われると、思わず声が漏れた。

「んっ」

ちりっとした痛みが走る。おそらく、痕をつけられたのだろう。

前回はこんなことはされなかった。一体どこで学んだというのか？　真面目すぎる彼のことだから、今日こうなることを見越して閨事の本でも読んだのだろうか？

「ん、……あっ」

首筋から鎖骨にかけて、何度も強く吸われる。痕をつけられた場所が熱を持って疼いた。

やがて、彼の唇は胸の柔らかな肉を食《は》んでくる。

「んうっ」

舌で肌をなぞられるとぞくりとして背中がしなり、彼に胸を自ら押しつけるかたちになってしまった。

「君の肌はとても滑らかで……ンっ、永遠に触っていたい」

ほうと息をつきながら、胸の頂に顔が寄せられる。乳輪に添うようにぐるりと舌を回され、つんと尖った先端を咥えられた。

「あっ」

彼の口の中はとても熱い。こりこりと硬くなった先端は吸われながら舌先で突かれた。

「んうっ、あっ、はぁ……っ」

胸の頂を嬲られ、さらにもう片方の胸を揉みしだかれる。乳嘴は指先で優しく弾かれた。

甘い刺激に頭がくらくらする。

シモンは夢中になって胸に触れていた。

そういえば、前回はあまり胸に触れられなかった気がする。触られている途中で好きにしていいと伝えたら彼は口づけに夢中になり、彼の手はずっとネーヴァの頬を包んでいたのだ。

今の彼はネーヴァの胸を堪能している。耳に届く荒い吐息に、彼が興奮していることがありありと伝わってきた。

胸に触れられるのはとても気持ちいい。彼がしたいようにするのではなく、きちんとネーヴァを感じさせようという動きだった。

しかし絶頂には届かない程度の快楽で、お腹の奥がきゅんともの欲しそうに疼いてしまう。とろりと、内側から蜜が溢れてくるのが自分でもわかった。蜜はそのまま臀部を伝ってシーツを濡らす。

「……んっ」

ネーヴァはぎゅっと内腿を閉じた。その動きをシモンに悟られてしまう。

「どうした？　なにかあったか？」

経験が少ない彼は単刀直入に聞いてきた。あれやこれや推測するよりも、確かめたほうがいいと思ったのだろう。

「大丈夫です。悪いことではありません」

「それなら言えるだろう？　どうした？」

彼に意地悪のつもりはない。本当にわからないのだろう。

恥ずかしいけれど、シモンの気持ちを受け入れた以上、彼とは長い付き合いになりそうだ。今後のため、ネーヴァはきちんと教える。

「胸に触れられて気持ちがよかったので、……その、下のほうが熱くなってしまって……」

「ああ、なるほど。わかった」

シモンは頷くと、ネーヴァの両膝に手を当てて左右に割り開いてくる。

「えっ」

「本当だ。触れてもいないのに濡れている」

彼の顔が近づけられ、舌先が蜜口に触れてきた。それだけで、嬉しそうにひくついてしまう。

「んあっ……」

蜜口に添って彼は舌先を滑らせる。ただそれだけの動きで、もの欲しそうにその場所は開きかけた。濡れそぼった桃色の粘膜がちらりと見える。

「以前も思ったが、君のここはなんてかわいらしいのか」

秘裂の上でぷっくりと膨らんだ蜜芽に指を押し当てられた。一番敏感な部分を刺激されて腰が跳ねる。

「あっ！」

「わかっている。気持ちいいのだろう？」

彼は蜜口に舌を差し入れながら、指の腹で突起を押しつぶしてきた。指を強く当てられるたび、きゅうきゅうと疼いて彼の舌に粘膜が絡みつく。溢れた蜜が彼の顔を濡らしていった。

「あっ、ああっ、んっ、はぁ……」

胸に触れられた時よりも激しく声を上げてしまう。胸も気持ちいいけれど、やはり秘処はとびぬけて感覚が鋭く、触れられるとたまらない。淫らに腰が揺れ、愛液を流しながら蜜口がはくはくとわななく。

「ちなみに、君のかわいい黒子はここにある」

シモンは蜜口と臀部の間をぺろりと舐める。確かに、自分では気付かない位置だ。こんな場所にある黒子の存在を口にしたのかと思うと、今さらながら恥ずかしい。

「はぁ……っ、あ」

触れられている場所が熱くなり、柔らかくなっていると自分でも気付いた。彼の舌がとろけた内側を押し拡げながら擦っていく。

そんな場所を舐められるのはこれが二度目で、まだ慣れていない。はしたないと思いつつ、恥ずかしさは快楽に塗りつぶされていく。

粘ついた音を立てて、彼の舌が抜き差しされた。気持ちいいのだけれど、もっと大きなものを抽挿してほしくなる。

「んっ、あ、閣下ぁ……、っ。お願いです、もう……」

「もう、なんだ？」

「閣下と繋がりたいです」

素直に請えば、彼の顔が秘処から離れていく。

シモンは濡れた口元を手の甲で拭いてから、自らの昂ぶりをネーヴァの蜜口にあてがった。くちゅりと音がして、期待の蜜が彼の先端を濡らす。

「ネーヴァ……」

ゆっくりと彼が腰を進めてきた。大きな楔に隘路が割り開かれていく。年齢にそぐわない硬さだ。

「あっ、あぁ……」

満たされていく喜びに身体を震わせるが、最奥よりも手前でシモンは腰を止めた。もっと奥まで欲しいのに、隙間がないほど彼とくっつきたいのに、焦《じ》らされてネーヴァは戸惑ってしまう。

シモンはネーヴァの耳元に顔を寄せて囁いた。

「あの男はここまでだったんだろう？」

「……！」

初めて彼と繋がった時、ネーヴァが腰を止めたのはその場所だった。どうやら、彼は覚えていたらしい。

「ふっ……ふふっ」

シモンは笑いながらその場所でぐるりと腰を回す。

「可哀想に。あの男はこの先を知らないのだな」

形のいい唇から零れた声には、隠しきれない喜びが滲んでいた。

「前の男のことなど思い出せなくなるくらい、君の中を私でいっぱいにしてやる。……愛している、ネーヴァ」

甘い囁きが耳孔《じこう》に滑りこんでくる。そして、彼の腰が進められた。

「あぁ……！」

さんざん焦らされたからか、最奥をこつんと突かれただけで軽く達してしまう。腰が揺れ、媚肉がうねりながら彼に絡みついた。

「はぁっ、あ……っ、んっ」

唇を重ねられ、肉厚の舌が口内をかき回す。絶頂の余韻に浸りながら深いキスを受け入れれば、彼の腰がゆっくりと前後した。微かに震える内側は硬い雄杭に擦られていく。

「君が離婚していたのは知っていたし、そんなことは君を愛さない理由にも、諦める理由にもならない。……だが先程のやりとりを経て、君を深く傷つけたあの男が忌々しくてたまらなくなった。殴ってやりたいくらいだ」

ネーヴァを抱く腕にはしっかりと筋肉がついている。年齢の割に身体がしっかりしているから、彼に殴られたら元夫などひとたまりもないだろう。……まあ、シモンが本当にそんなことをするとは思わないけれど。

「私は自分が思っていたよりも狭量で嫉妬深いようだ。君の元夫への苛立ちが消えない」

「閣下……」

かわいらしい桃色に彩られたこの部屋だって、元夫への対抗心で準備したのだろう。そんな場所でネーヴァを抱いているのだ。シモンの執着心が垣間《かいま》見《み》えた気がして、ネーヴァの胸が騒ぐ。

「それもこれも、君が好きだからだ。そして、煩わしい感情を抱くことになってもなお、君が与えてくれる喜びのほうが大きい。君を見ているだけで、こんなにも胸が満たされる」

赤い切れ長の目が優しげな弧を描いた。

「私は結婚などしないと思っていたし、恋愛も自分には無縁なものだと考えていた。だが、恋というのがどれほど素晴らしい感情なのか、この年になって君に教えてもらった。……君に恋をしてから、毎日が楽しくなった」

「えっ……。仕事をしている姿からは、まったく想像できません」

機嫌がよければ誰もが浮かれる。同僚だって、デートの前日はにこにこ顔で仕事をしているし、いいことがあれば態度に出る。

しかし仕事中のシモンの態度は一切変わらなかった。ネーヴァが間違いを犯せば当然のように厳しく指摘される。

監査から帰ったあともシモンのネーヴァへの接しかたがいつも通りだったおかげで、同僚たちから勘ぐられることはなかった。恋仲になったと言ったらさぞかし驚くだろう。

「私的な感情は仕事中に出すべきではない。公私は切りわけるべきだ。……だが、きっと君が考えるよりもずっと私の頭の中は君のことでいっぱいだ。見せてやりたい」

「……」

ネーヴァは絶句した。彼が言うのだから本当にそうなのだろう。この部屋といい元夫への嫉妬といい、四十を越えた男の初恋の勢いはすごい。

そう話している間も、彼の腰はゆっくり動き続けていた。達したネーヴァを気遣うような、ゆるやかな抽挿である。

激しい快楽が散っていき心地よく感じていると、シモンは繋がったまま膝立ちになった。そして結合部に視線を向ける。

「か、閣下？　どうしました？」

散々触れられて舐められた場所だけれど、繋がっている最中に見られるのは恥ずかしい。

「……む。やはり眼鏡があったほうがいいが、この距離ならなんとかわかるか」

彼は双眸を細める。目が悪い人が遠くを見る際によくやる仕草だ。もっとも、彼の視線が向けられているのは遠くではなく下腹部なのだが。

「そんな場所、じっくり見ないでください」

手の届く場所に眼鏡がなくてよかったとネーヴァは安堵する。

しかし眼鏡をかけた時ほど明瞭に見えないだけで、ある程度は認識できるようだ。

「ネーヴァ」

彼の指先が迷いなく蜜芽に触れてくる。

「ひあっ！」

「ここの皮は剝《む》けると知っているか？」

「……え？　は？　皮……？」

そこが自分の身体の中で一番敏感な器官だということは自分でもわかっている。

とはいえ、実際にどうなっているのか見たことはなかった。そもそも鏡を使わなければ見えない場所だし、わざわざ見る必要もない。小さな突起のようなものがあるという認識だ。

だから、皮と言われてもよくわからない。

「そうか、知らないか。あの男はそれをしなかったようだな。どうせ、自分の快楽を求めた独りよがりな行為だったのだろう」

「……」

昔の男との情事を話すのはどうかと思うので、ネーヴァは口を噤《つぐ》んでおく。元夫への対抗意識があるので悪口を言いたいのだろう。

「私は閨事に関する本を読んだ。二十三冊ほど」

「は？　二十三冊って……そんなに？　どれだけ時間がかかったのです？」

「君を抱いた時は大昔に閨教育を受けた時の知識しかなかった。だから、最新の知識を得るのは当然のこと。本によって書かれていることが違うし、信憑性《しんぴょうせい》があるかどうかも文献を比べて精査した」

監査の影響で連日遅くまで仕事があったのに、帰宅したあともこの人はなにをしているというのか？

しかし、そのすべてがネーヴァのためだと思うと、恥ずかしいやら嬉しいやら、自分でもよくわからない。ただ、顔が赤くなってしまう。

「そして、女性の一番感じるこの器官は包皮があり、それを下ろすと強い快楽を得られるという知見を得た」

「え？　えっ？」

「包皮の下ろしかたも把握している。手先は器用なほうだから任せてくれ」

「ま、待ってください！　意味がわかりません。落ち着いて……っ、んんっ！」

細い指先が突起を摘《つ》まむ。もみほぐすようにこりこりと擦ってから、根元に向けて左右に押し広げるみたいに指を動かした。

次の瞬間、剝き出しになった赤い真珠が空気に触れる。それだけで、驚くような刺激を享受してしまった。全身が痺れる。

「あっ、ああっ……！」

ぎゅっと、身体の中に埋めこまれたものをしめつけた。

「ま、待って……っ、あっ、あぁ」

「……ッ、すごい。君の中が……ンっ」

ネーヴァの媚肉がわななく。

「……そんなに、いいのか？」

無防備な突起にシモンが指の腹をそっと当ててきた。軽く押しつぶされるだけで快楽が弾ける。

「んうっ！」

触れられるのもたまらないけれど、さらに彼の硬い楔を挿れられているのだ。身体の内側と外側、両方から与えられる感覚にネーヴァはどんどん追い詰められていく。

「やぁ……っ、あぁ」

涙目になり声が震える。すると、シモンが興奮した面持ちで喉を鳴らした。

「……なるほど。記述の通り、確かにすごいようだ」

彼は腰を揺らしながら、真っ赤に熟れた秘玉を指で撫でてくる。

「やあっ！　あっ、ああっ！」

ネーヴァにとって強すぎる快楽だ。媚肉は柔らかくとろけながらも、彼のものをしめつける。

「んっ……！」

軽い絶頂に何度も押し上げられた。この連続の果てに、大きな快楽に導かれるのだとネーヴァもわかる。

——だが。

「あっ、やだ。待って。お願いです、閣下。やめてください」

ふと、下腹部に熱がこもるのを感じた。

今まで経験したことのない感覚だ。痛みではなく、掻痒《そうよう》感をある一点に感じる。じんじんとして、このままではなにか怖いことが起こる気がした。

「あの、一度抜いてください……！」

顔色を変えたネーヴァを見て、只事《ただごと》ではないとシモンも気付いたのだろう。

「どうした。大丈夫か？」

彼はすぐに腰を引いてくれる。

だが、素早く抜かれるその動きで、雁首が秘玉の裏側を強くひっかいた。

「あっ……！」

彼のものが抜け落ちた瞬間、下腹部に溜まっていた熱が放出された。

快楽の証《あか》しである透明な液体が迸り、ゆるい放物線を描きながら勃ち上がっている剛直にかかる。その液はさらにしぶいて、雄杭だけでなく彼の下腹から太腿まで濡らした。

「あっ……なにこれ、いや……」

それは自分の意思では止められない。シモンの前で醜態をさらしてしまい、羞恥ですすり泣く。

その一方で、彼はネーヴァの放ったもので濡れ光る熱杭をどこか恍惚《こうこつ》としたような表情で眺めていた。

「いや……っ。ごめんなさい」

その現象がようやく止まると、ネーヴァはすかさず謝った。下腹部がどうしようもなく熱くてじんじんする。

動揺するネーヴァに、シモンは自分の濡れた下腹を指でなぞりながら言った。

「なるほど、本にあった通りさらさらした透明な液体だ。匂いもない」

「え……？」

「君は粗相をしたわけではない。これは女性が感じすぎると生じる現象で、体液の成分は水に近い。蜜のように粘りもないだろう？」

二十三冊もの本で閨事をしっかり予習していたシモンは冷静に述べる。

「私が不慣れなせいで、君の身体になにかあったのかと思った。よかった」

彼は心配してくれたらしい。ネーヴァに異常があったわけではないとわかり、ほっとした表情を浮かべていた。

「……あの、わたしにはよくわかりませんが……とりあえず拭かないと」

シモンの様子からして、情事ではありうることのようだ。ネーヴァは安堵しながらも、拭くものを探す。

しかし、彼の滾《たぎ》った先端が熱く痙攣《けいれん》する秘処に押し当てられた。

「えっ？」

「必要ない。このままでいい。……先程の光景、私のものが濡れていくのを見て最高に興奮した。これほど昂ぶったのは初めての経験だ。限界まで思いが募ると痛くなるのだな」

「あぁっ！」

ずんと、太いものを押しこまれていく。彼のものは一回り大きくなっていた。しかも、びくびくと震えている。

「ああっ、ネーヴァ……！」

膝立ちの体勢から、再び覆い被さってくる。

「愛している。私のネーヴァ」

「んっ！」

唇を重ねながら、彼は腰を打ちつけてきた。

「君のいい場所はここだろう？　覚えているとも」

以前、腰を動かして逃げようとしてもしつこく穿ってきた部分を迷いなく突かれる。

「んっ！　んうっ！」

「はぁ……っ、ン。ネーヴァ……」

弱い部分を何度も穿たれると、繋がったまま熱い液体がしぶいた。そうすると、彼のものが嬉しそうに内側で跳ねる。

「ネーヴァ……！」

名前を呼び、腰を振り、キスを交わし、彼はネーヴァを情熱的に抱いてくる。

自然と腰が逃げようとしても、やはり彼のものは追ってきて正確に突いてきた。ネーヴァは何度も高みに導かれてしまう。

やがて彼の腰の速度が増し、最奥を押しつぶしたまま雄液が放たれる。熱杭はネーヴァの中で暴れながら、蜜壺《みつつぼ》を精で満たしていった。

まるで、目の前に星が散ったような感覚がする。

「……っ、あ……」

——それはもう、すごかった。

彼の口から紡がれる言葉はもちろん嬉しかったけれど、与えられる快楽は夢のようだ。まさか、こんな経験をするなんて。

「す、すごい……」

ぽつりと呟けば、繋がったままシモンはネーヴァに頬ずりをする。

「満足いただけたか？」

「はい。もう十分なくらい」

咄嗟に肯定した。心からそう思っていたし、変に否定すればまた抱かれると思った。あれ以上気持ちよくされたら、おかしくなってしまう。

「そうか。それはよかった」

すりすりと頬を合わせながら、再び彼の腰が動きだす。

「……っ？　え？」

「もっと気持ちよくしてみせる。あの男のことを欠片《かけら》も思い出せないくらい、君のすべてを私で塗り替える」

「……！」

「好きだ。愛している」

「あぁ……！」

決して激しくはない腰づかいだったけれど、少しの刺激ですら今は甘く身体を痺れさせる。

「閣下……っ。んっ、無理はしないでください……！」

彼はもう四十だ。休憩もせず、続けて行為をするのは大変ではないだろうか？

心配になってしまうが、彼はしれっと言う。

「君がかわいすぎて、ここでやめるほうが無理だ」

「……っ！」

「ほら、その顔だ。愛しすぎて、私はいつも惑わされる」

赤くなった耳に唇を落とされる。

——シモンはネーヴァのために顔を焼こうとした。そんな男の激情が一度で収まるはずがない。彼の執愛が一般的な肉体論を凌駕《りょうが》する。

これは四十を超えた男の交わりではない。一人の女を深く愛する行為なのだ。

もちろん、シモンの熱杭は衰える様子もなく、人並み以上の大きさと硬さを保っている。

「あっ、んっ、あ……！」

ネーヴァは全身で愛情を受け止め、ようやく彼が鎮まる頃には空が赤く染まっていた。

エピローグ

シモンとネーヴァの婚約は、城内でもそれなりに話題になった。

なにせ、シモンは独身を貫き通していた堅物だ。ネーヴァのほうがシモンに熱を上げ彼を落としたという噂が流れてしまい、根も葉もない噂というのは本当に存在するのかと呆れてしまう。

あの堅物を落としたのだから恋愛の達人なのだろうと、ネーヴァに助言を請うものも現れ始めた。昼休憩には文官や騎士たちがわざわざ精霊省までやってくる始末である。

女性が来た時にはシモンはなにも言わないが、男性の時は違った。

「彼女は私が口説き落とした。なにかあれば、私に聞けばいい」

そう伝えて、相手とネーヴァの間に立ち塞がるのだ。

婚約を知らせた同僚たちも最初は「あの閣下と婚約？　政略的なもの？」と半信半疑だったが、異性を近づけさせないシモンの様子を見て、「ああ、閣下は本当にネーヴァのことを好きなのか」と納得したようだ。

そして婚約期間を経て正式に結婚する頃には、シモンによく怒鳴られていた新人男性は、視察員として成長していた。

視察の仕事は彼に向いていたらしい。しかも彼は、長時間馬車に乗っているのも平気とのことだ。遠方への視察も嫌がることはなかった。気がかりだった新人のこともいい方向に転びそうだとネーヴァは安心する。

――平和な日常を送っていたある日のこと、最近王都に来た行商のことが城内で話題になっていた。昼休憩の際、ネーヴァは同僚の女性に話しかけられる。

「ねえ、ネーヴァ。最近噂になってる行商のこと、知ってる？」

「詳しくは知らないけど、すごいものを売ってる商人が滞在してるって聞いたことがあるわ」

王都にはひっきりなしに人が訪れる。王都でひと儲《もう》けしようと旅の商人がよく来るけれど、よほどの代物でなければ話題に上ることもなかった。

しかし今、すごい行商が来ていると噂である。とにかくすごいという話ばかりで、実際になにを売っているのかまでは知らず、ネーヴァは密かに気になっていた。

「なんかね、夫婦円満の薬なんだって。新婚のネーヴァにぴったりじゃない？」

「夫婦円満の薬？」

「そう。なんかお酒を飲んでからお香を嗅ぐと、夫婦円満になれるんだって」

「えっ」

酒と香。どこかで聞いた話である。

「待って。その行商の話、詳しく聞かせて！　どこで売ってるの？」

「わあ、さすが新婚。気になるのね」

「ええ、とっても気になるの！」

ネーヴァは同僚から詳しく聞き出す。

昼休憩の間、大臣衆で会食が入っていて不在にしていたシモンが戻ってくると、すぐに報告した。酒と香の組み合わせと聞き、彼は眉をひそめる。

「……明日は休日だな。行ってみるか」

「はい」

はたから見れば、仕事中に夫婦円満の薬を買いに行く約束をしている熱い夫婦だろう。

夫婦円満の薬が欲しいわけではない。そもそも必要ないくらい仲がいいのだ。シモンはとても四十歳とは思えないほど夜もすごくて、毎日のようにベッドの上で愛されている。

……もっとも、彼の信仰する精霊の掟により性交渉の前には必ず同意が必要だ。無理矢理されているわけでなく、ネーヴァも自分の意思で彼を受け入れている。

それはさておき、リラの香の効果はすさまじい。清廉潔白な代表でさえ理性を崩壊させ、女性に襲いかかってしまうほどだ。

もし副代表夫婦があの香を売っているなら大変なことになる。あれほどの効果なら、きっと悪用を考える者が出てくるだろう。

酒と香の組み合わせなんて、まさにあの時のものとしか考えられない。その日はネーヴァも落ち着かなかった。

――翌日の土曜日、ネーヴァたちは広場に行くことにした。王都の広場は旅の行商人がよく出店を出している場所である。

ここに来れば珍しい品が手に入ると、王都に住んでいる人間もよく顔を出していた。噂の行商人も広場で商売をしているらしい。

広場に到着すると、さっそく人だかりができていた。よく見えないが、甲高い声が耳に届く。

「はーい、ちゃんと並んで！　慌てなくても、たくさんあるから大丈夫よー！」

聞き覚えのある声に、ネーヴァはがくりと肩を落とした。リラの声で間違いないだろう。

「シモン様。あの声はリラさんのものです」

結婚してからというもの、彼のことは「閣下」ではなく名前で呼ぶようになった。「旦那様」でもよかったのだが、職場でうっかり呼んでしまうと恥ずかしいので名前にしたのである。

ちなみに、彼は名前で呼ばれることを喜んでいた。

「そうか。横入りするわけにもいかないから、並んでみるか」

「はい」

シモンは大臣だ。監査関係の仕事としてこの場を取りしきる権限はあるが、そんなことは庶民の知る話ではない。新婚の大臣が職権乱用をして夫婦円満の薬を買いに来たという噂が広まってしまうだろう。

大人しく列の後ろに並び順番を待つ。列が進むにつれ商人の姿が見えてくるが、そこにいたのは予想通り副代表とリラだった。

しかし、売っている酒と香は記憶にあるものではない。

「あら？　お酒の色、違いますね」

「香の色も違うようだ」

代表が飲んでいた酒は透明だったが、リラたちが売っている酒は薄橙《だいだい》色だ。香の色も鮮やかな色になっている。

(あのお酒とお香ではない……？)

どういうことかと考えていると、ようやくネーヴァたちの順番になった。ネーヴァの顔を見てリラははっとする。

「これはこれは監査員様！　お久しぶりです」

追放という重い処分を言い渡されたわけだが、リラの態度から自分たちに対する恨みは感じなかった。それどころか今の彼女はとてもいきいきとしている。

「この香と酒について話が聞きたい。……これは、あの時のものと同じか？」

単刀直入にシモンが聞くと、リラはぶんぶんと勢いよく顔を横に振った。

「まさか！　あんなものを売るほど非道じゃありませんよ」

彼女はあははと笑うけれど、それを使ってグレオスを陥れようとしたのだ。ネーヴァは笑えず真顔になると、リラの後ろから副代表が声をかけてくる。

「こちらは、あのお酒とお香の効果を薄めたものになります。お酒は飲みづらいので果実の汁で割って口当たりを爽やかにし、お香も妻が調合を変えて、強すぎない匂いにしました」

「なるほど。それで、効果は？」

「少しムラムラする程度です。理性を失ったりはしないので安心してください。あんなものを売ったら大変なことになるってわかってますからね。ちゃんと調整して売ることにしました」

周囲に聞こえないよう、副代表が声をひそめながらシモンに説明する。

「媚薬って言うと売れなかったんですけど、夫婦円満の薬って呼ぶようにしたら、これがまあ大当たりでして。飛ぶように売れたんですよ！　円満どころか、子作りにも効果があるなんて言われちゃうぐらいで」

性的に興奮し、行為の回数が増えれば子供ができる確率も上がるだろう。なるほどなとネーヴァは納得する。

「ところで、監査員様たちは今日は仕事ですか？」

「いや、正式な仕事というわけではない。王都で話題の夫婦円満の薬とやらが香と酒の組み合わせと聞いたから、気になって妻と見に来た」

「妻？　あっ、お二人はご夫婦だったんで？」

リラたちはシモンとネーヴァの顔を交互に見る。

「先日籍を入れたばかりだ」

「それはそれは、おめでとうございます。では、夫婦円満のためにもこちらを買っていかれてはいかがでしょう」

副代表がずいっと酒と香と差し出してきた。

「夫婦で一緒に使うのがお勧めですよ。効能は控えめですから！」

リラも売ろうとしてくる。

「……わかった。本当にあれほどの効果ではないのか調べねばなるまい。いくらだ」

シモンは夫婦円満の薬を購入する。「まいどあり！」と二人は満面の笑みを浮かべていた。

後ろに並んでいる人が言葉にこそ出さないものの「長話してないで、早く行ってくれ」と圧をかけてきたので、ネーヴァたちは速やかにその場を去る。

「確かにお酒もお香もあの時のものとは違いますね。こちら、薬師に回して調べてもらいますか？」

監査の時は城まで遠く、薬師に調べてもらう時間が取れなかったので仕方なくネーヴァ自らが調べることにした。しかし、今は自分で試す必要もない。

ネーヴァが提案すると、シモンが小首を傾げる。

「わざわざそんなことをする必要はない。夫婦円満の薬であれば我々が調べればいいだろう。あの様子だと何度も買いに来ている者も多そうだ。問題があるような薬なら、あの夫婦は今頃無事ではないはずだ」

「確かに……。リラさんたちの着ていた服、とてもいい品でした」

リラたちは追放を言い渡された翌日にはもう出発した。準備期間はわずか一日。ある程度の荷物は持てど、ほぼ着の身着のまま追い出されたような状態だ。着ていた服は襟がよれてくたびれたものだった。

しかし、先程会った彼女たちが着ていた服は皺のつきにくい上質な生地でできており、よれも毛玉もない。リラの爪紅も綺麗な色だった。手作りのものではなく、買った爪紅をつけているのだろう。

夫婦の姿は商売が順調なことを物語っている。

よくよく考えてみれば、あの二人が監査の時のように強い効能のものを売っていたら、危険な事件に巻きこまれていてもおかしくはないだろう。

よって、問題ない程度の薬に違いない。だが――。

「ほ、本気ですか？　本当に使うつもりですか？」

「我々には不要なものだが具体的な効能が気になる。……それに、たまにはいいだろう」

「……っ」

歩きながら腰を抱かれる。今夜は激しいものになるという予感がしてネーヴァの胸が騒いだ。


その夜、夫婦の寝室にはリラたちから買った酒と香が準備してあった。小瓶に入った酒は半分ずつ飲むらしい。

シモンは素肌にナイトガウンを羽織っただけの姿で、ネーヴァもまたナイトドレスを着ているだけだ。脱ぎやすい衣装でもう準備は万端なのだが、いかんせん恥ずかしい。

テーブルの上の薬を眺めながらネーヴァがまごついていると、シモンがグラスに酒を注いでいく。

「シモン様、なんだか積極的ですね。こういうのお好きなんですか？」

「我々には不要と思うが、あの時の君がとてもかわいかったからな」

「……っ！」

痴態を思い出し、まだ酒を飲んでいないのにネーヴァの頰に朱が差す。

「さあ、私の最愛の妻よ」

シモンはグラスを差し出してきた。乾杯をして口に含む。

「あっ……飲みやすいです」

酒の風味よりも果実の味のほうが強い。これなら酒が苦手な人でも飲めそうだ。

しかし、シモンは眉をひそめている。

「私には甘すぎるな」

「男の人にはそうかもしれませんね」

飲みながら感想を言い合う。そしてグラスを空にすると、シモンがマッチに火をつけた。

酒を飲んだだけではなんの効能もない。この香を焚くことでようやく効果が出てくる。

香炉を焚くと、香炉から煙が立ち上った。

「あっ。よく似た香りですけど、強くはないですね」

「そうだな。この程度なら不快にも感じないだろう」

記憶にある香りよりも爽やかだ。酒と香は癖が強すぎず、万人受けしそうである。

「……」

「……」

いつごろ効果が出てくるのかと、二人はじっと待つ。

「確か、監査の際はもう君には反応は出ていたな」

「はい。今はそうでもないです」

効果がきちんと調整されているのだろう、理性は保たれていた。だが、徐々にお腹の奥がむずむずしてくる。

「……っ」

――我慢しようと思えばできるけれど、可能なら今すぐにしたい。

まさに、その程度の感覚だ。ちらりとシモンに視線を向けるが、彼はいつも通りの表情をしている。

「シモン様はお身体の具合はどうですか？　なにか、変化はありましたか？」

「む……。半分ほど勃起したというところか」

「え」

彼の下腹部に視線を向けると、確かに少し大きくなっていた。自己申告通り最大ではない。

「なるほど。これなら無理に襲いかかろうとはしないな。販売しても問題はないようだ」

シモンは冷静に分析している。

「ネーヴァはどうだ？」

「わたしも似たような感じですね。前のように異性を押し倒そうとまでは思いません」

「では、触れて確かめてみてもいいか？」

「えっ」

そう言われた瞬間、下腹部が熱くなった。うっすらと濡れていただけのそこに、熱い蜜が潤んでくる。

「ま、待ってください。それは困ります」

「なぜだ？　やはり、女性に対して効果が強いのか？　それとも君が特別に反応してしまうのであれば、以前の効能の影響があるのかもしれない。これは常習性や依存性を調べてみないと……」

シモンが真面目に考察を始めたので、ネーヴァは慌てて否定する。

「違います！　薬の効能ではなく、その……閣下が触れるとおっしゃるから、それで、わたし……」

しどろもどろになりながら告げれば、彼の切れ長の瞳がゆるやかな弧を描いた。

「そうか。薬とは関係なく、私の言葉に反応したのか」

「あっ」

ネーヴァはひょいと横抱きにされる。ベッドへと運ばれると優しく横たえられた。

「ネーヴァ。薬とは関係なく、君がかわいすぎるから今夜は年甲斐もなくはりきってしまいそうだ。それでも、君を抱く許しをくれ」

毎晩激しいのに、それ以上の行為になるというのか。想像して胸が激しく高鳴る。お腹の奥が再び熱くなった。

少し怖い気もするけれど、ここで断るほうがネーヴァもつらい。ネーヴァとて彼に抱かれたいのだ。

「はい、シモン様」

「ネーヴァ……」

シモンが眼鏡を外してベッドサイドに置く。

彼が眼鏡を外すのは、これから激しいキスをする合図でもあった。ああ、今から唇を貪られるのだと思うと、いっそう身体が熱くなる。

「んっ……」

キスをする際、彼はいつも両頬を手で包みこんでくる。後頭部を押さえたり、顎に指をかけたりということは、ほとんどされなかった。かけがえのない宝物に触れるように、大切そうにネーヴァの頬に触れてくる。

もっとも、手つきは優しくても口づけは獰猛だ。呼吸もままならないような深い口づけにネーヴァは翻弄されてしまう。

ネーヴァとしかキスをしたことがない彼は、日に日に上達していった。しかも、ネーヴァが好きなように舌を動かす。彼のキスは理想そのものだ。

「んっ……、はぁ……っ」

両手で包まれているから顔に熱がこもる。

ぐりっと、彼の腰がネーヴァの下腹に押し当てられた。半勃ちだったものは完全に大きくなっている。薬の効能ではなく、ネーヴァを好きでこうなっているのだと思うと嬉しくなった。

ネーヴァは自ら腰を浮かし、布越しに彼のものを自らの身体で擦る。

「ン……」

小さくシモンがうめいた。

ネーヴァがこのように積極的になるのは珍しい。酒と香の影響なのか、ネーヴァはいつもより気を大きくしていた。

口づけを交わしながら、ナイトドレスを自ら腰までまくり上げる。下着を身につけていなかったので、下腹部が露わになった。

シモンのナイトガウンの腰紐を外せば、彼は余裕がなさそうにそれを脱ぎ捨てる。いつもは丁寧に脱ぐのに、今日の彼はナイトガウンをベッドの下に雑に落とした。

互いの下腹部が隔てるものなく密着する。ネーヴァは腰を上げ、彼の熱杭に自ら腰を押しつけた。

「……ッ、ネーヴァ。駄目だ……、このままでは、ン、ほぐす前に入ってしまう」

シモンが窘めてくるが、そう言っている彼の腰も微かに揺れている。

「はぁっ……、でも、十分熱くなってますよ。わたしも、シモン様も」

膝を立てながら秘処を彼の肉竿に擦れば、くちゅりと淫猥な水音が響いた。

「ク……っ」

シモンがつらそうに息を吐く。

「シモン様……」

ネーヴァはわざと熱くなっている部分を彼のものに擦りつけた。

とはいえ、ネーヴァがどう動こうが、このままの体勢では擦ることはできても挿入は不可能である。

しかし、シモンが腰の角度を変えた。ネーヴァの蜜口に先端を押し当ててくる。

「あっ……！」

大きな先端がネーヴァの中に埋めこまれた。だが、それは奥まで入ってこない。指でほぐす時みたいに、入り口付近を浅く行き来した。

準備してくれているのはわかる。それでもネーヴァは酷くもどかしい。

「んっ……」

ネーヴァは自ら彼を受け入れようと、深く繋がれるように腰を上げる。硬いものが三分の一ほど中に入ってきた。それだけでも媚肉は喜んだようにひくりとわななく。

「ま、待て。もう少し、慣らさないと……」

「焦らされるほうが……んうっ、つらいです」

ネーヴァは彼の腰に自らの脚を巻きつけた。より挿入が深くなる。

蜜洞の奥はよく濡れてはいたものの、まだ少しだけ硬かった。

「ン――」

シモンが奥歯を嚙みしめる。

「シモン様。奥まで届かないです……」

彼のものと深く繫がったが、それでも一番奥までは届かない。ネーヴァがもどかしげに腰を揺らせば、シモンは溜め息をついた。

「まったく、君は……。私は君を大切にしたいんだ。己の肉欲よりも、君の身体を優先したいというのに……ク――」

下唇を甘嚙みされる。

それと同時に、彼は一気に腰を穿ってきた。ネーヴァが一番感じる部分を迷いなく突いてくる。

「ああっ！」

熱い先端が触れただけで視界が暗転し、ネーヴァは達した。びくびくと身体を震わせながら彼にしがみつく。

「やぁ……っ、すごい……」

これは薬の効果なのか、それとも薬を使用したという状況に酔っているのか。なんだか、いつもより敏感になっているようだ。

「もっとよくしてやる」

「ああっ、あぁ！」

シモンが腰を強く振る。最奥を容赦なく突き上げてきた。そのたびに快楽が弾け、何度も高みへと押しやられる。

「あ、あぁ……」

絶頂の連続で身体に力が入らなくなってくる。彼の腰に回していた脚がシーツの上に滑り落ちた。それでもシモンの腰づかいは止まらない。何度でもネーヴァを甘く痺れさせる。

「ひぁ……っ、んっ」

下腹部に熱がこもった。この感覚をネーヴァは知っている。

「あっ、やぁ……待ってください。また、わたし……っ」

このままでは潮が出てしまう。少し休ませてほしいといわんばかりにネーヴァが首を横に振ると、彼は嬉しそうに笑った。そして意地悪そうな声色で聞いてくる。

「出そうなのか？」

「……っ」

頷けば、シモンはぐりぐりと最奥を刺激したあとに一気に熱杭を引き抜いた。

「……！　やぁああ……っ！」

太い楔が抜け落ちる感覚に、ネーヴァは快楽の飛沫《ひまつ》を放つ。

水音を立てながら、それはシモンの浅黒い雄杭めがけて放たれた。蜜にまみれた剛直がますます濡れそぼっていき、鍛えられた下腹も濡れていく。

「やっ……なんで……」

粗相でないとわかっていても、彼のものに放ってしまうのは恥ずかしい。それでも彼は、ネーヴァが潮を放ちそうになるとわざと引き抜いて自らのものに浴びさせるのだ。

「私にこういう嗜好はなかったのだが、君のせいで目覚めた。責任を取《あぐら》ってくれ」

うっとりとした眼差しで濡れ光った雄竿をひと撫でするど、彼は胡座をかく。そして力の抜けたネーヴァを持ち上げると、自分の上にまたがらせた。

「……っ！」

「腰を下ろせるか？」

ネーヴァは膝立ちになっていた。もちろん、蜜口の真下には彼のものがある。

このまま腰を下ろせば、再び快楽が身体を貫くだろう。また潮が出てしまうかもしれない。

それでも、自分ばかりが快楽を極めていて、彼はまだ一度も達していなかった。

剛直の先端に滲んでいる滴はネーヴァのものではなく、彼自身の先走りだろう。もの欲しそうに脈打つ熱杭を見れば、そのままにしておけない。

それに、ネーヴァもまだまだ彼が欲しかった。

意外と逞しいシモンの肩に手を置くと、ゆっくり腰を下ろしていく。

「……っ、ん……」

ようやく一番奥まで迎えいれて、彼の胸板に体重を預けた。ネーヴァはまだナイトドレスを着たままだったので、身体を隔てる薄布の感触が気になってしまう。肌触りのいい生地だけれど、今だけは邪魔だ。

シモンも同じ気持ちだったのか、ネーヴァのナイトドレスを脱がせてくれた。これでようやく、二人とも一糸纏わぬ姿となる。

「はぁ……っ、ん」

口づけながら、彼の上で腰を揺する。シモンも下から腰を突き上げてきた。ネーヴァが腰を下ろす瞬間に突かれると、指先まで痺れるような快楽が拡がる。

「ネーヴァ……！」

ネーヴァが不安定な体勢にならないよう、彼は両手でしっかりと腰を支えてくれた。

「やぁ……っ、あ……、また、くる……っ」

シモンの肩に爪を立てると、ネーヴァの秘処から随喜の飛沫が上がる。彼の下腹部はますます濡れていった。

「はぁ……っ」

全身から力が抜けると、彼はネーヴァの腰を持ち上げ己を引き抜く。

「え……？」

シモンはネーヴァを優しい手つきでうつ伏せにさせると、背中から覆い被さってきた。滾ったままのものを挿れてくる。

「あぁ……！」

たまらず、ネーヴァはぎゅっとシーツを握りしめた。真っ白の布に皺が広がる。

「ネーヴァ……！」

うつ伏せのネーヴァの上にぴたりと重なり、彼は腰を振った。この体勢だと、角度的に深い挿入にはならない。それでも、どうしようもなく気持ちいい。

「好きだ、ネーヴァ。……あの男は、よく君を手放せたな。私には到底無理だ。死んでも君と別れない」

ネーヴァのうなじにキスを落としながら、シモンが囁く。

(最近は前の夫のことをなにも言わなくなったのに、実は気にしていたのかしら……？)

ネーヴァが結婚していた過去は消せない。

しかし、離婚したからこそ今があった。あのまま夫の浮気を我慢していたら、今頃は田舎の男爵夫人として平凡な人生を送っていただろう。

城で文官として働いている今のほうがよほど充実した毎日を送っているし、ネーヴァの性には合っていると思う。

そもそも離婚していなければシモンと出会っていないし、最初の結婚は失敗に終わったがネーヴァは後悔していなかった。つらかったけれど、自分の人生にあの経験は必要だったのだろう。

とはいえ、シモンの初恋はネーヴァだ。ネーヴァのかつての夫であり、恋をした相手である男の存在が胸の奥に引っかかっているのかもしれない。

もしシモンがそれなりに恋愛経験を積んでいたなら話が別だが、彼の初めてはなにもかもネーヴァだ。頭がよくて仕事ができる彼であっても、恋だけはまだ初心者である。

「あの男と私、どちらがいい……？」

縋るような声が聞こえてどきりとした。彼の表情が気になったけれど、うつ伏せでのしかかられているから顔を見ることができない。

もしかして、質問をしたくてこの体勢になったのだろうか？

(不安なのかしら)

彼の気持ちを受け入れる前、ネーヴァはぎりぎりまで拒絶していた。男性を信じるのは難しい、と。

彼が顔を焼くと言い出すほどに頑《かたく》なだったから、そこまで傷つくほど元夫を愛していたと思っているのかもしれない。

(結婚したくらいだもの。当時は確かに愛していたけれど、その気持ちは微塵も残っていないのに)

自分の心を見せてあげたい。そうしたら、ネーヴァがいかに彼を愛しているかわかるし、元夫のことをなんとも思っていないと気付くだろう。

そもそも、再婚はしないと言っていたネーヴァが結婚する気になったのだから、それほど愛されているとわかってほしい。

ともあれ、シモンは密かな不安を抱えているようだ。

「わたしはシモン様を愛しています。だから、シモン様に抱かれると気持ちいいです」

「あの男よりも？」

彼はしつこく聞いてくる。

正直なところ、シモンのほうがよほど下手でもこの状況なら今の夫を立てるだろう。それがわからない彼ではない。

――言わせたいのだ。男の沽券《こけん》にかけて。

「はい。あの人より、シモン様とのほうがずっと気持ちいいです」

そう伝えれば、身体の中で彼のものが嬉しそうに跳ねた。男という生き物は単純で、それはシモンも例外ではない。

「そうか」

「聞かなくてもわかりませんか？　先程からわたし、かなり大変なことになってますけど」

「ああ……そうだな」

シモンはぐりっとお腹側に向けて擦りつけてくる。それと同時に、シーツとお腹の間に手を滑りこませて下腹を撫でてきた。軽く押されれば、身体の中にある彼の存在を強く感じる。

「ああっ……！」

「ここはもう、私の形になっているだろう。あの男のことなど思い出せないくらいに、もう、私だけのものだ」

「あっ、あぁ……。撫でないで……っ、んうっ」

下腹を擦られるだけで、びくびくと震えてしまう。媚肉がうねり、彼のものをしめつけた。

「ネーヴァ。私のネーヴァ……」

「んっ！」

シモンが肩口に軽く歯を立ててくる。彼が噛んでくるのは珍しい。

「あっ、……あ――」

そのまま彼のものが大きく震え、中に熱い雄液を注がれた。お腹をしっかりと押さえられているので、熱杭の細やかな動きまで如実に感じてしまう。

ネーヴァもまた高みへと導かれた。シーツを握っていた指が弛緩《しかん》する。

「……っ、はぁ……」

ようやく彼が果てた。とても長かった気がする。

――しかし、一回で終わるはずもなかった。

なにせ、夫婦円満の薬を使っているのだ。まだ部屋に漂う香の匂いが淫靡な雰囲気を作り出す。

「ネーヴァ」

シモンは己を引き抜く。すると、大量に注がれた精がこぽりと溢れ、シーツへと伝い落ちていった。

彼はネーヴァを仰向けにさせると、再び覆い被さってくる。

「ああ……やはり、顔が見えるほうがいい」

そう言った彼の表情は少しだけ幼く見えた。シモンのほうがずっと年上なのに、不思議な気分である。

彼はネーヴァの脚を開くと、精を流す蜜口に蓋をするように雄杭を挿入してくる。出ていこうとしていた体液が奥に押し戻され最奥をくすぐった。

「ああっ……」

「ネーヴァ」

彼は大きな手でネーヴァの両頰を包みこみ、唇を重ねてくる。おそらく彼が二度目の吐精を迎えるまで、このままの体勢でずっとキスをされたまま、貪られ続けるのだ。

しかし、ネーヴァはそれが嫌ではなかった。むしろ気に入っている。激しく体位を変えなくても、特別なことをしなくても、口づけたまま繋がっているだけで彼の愛が伝わってくるのだ。強く愛されていると実感できるこの瞬間がたまらなく好きである。

「んうっ……」

肉厚な舌が喉に届く勢いで伸ばされたあと、ネーヴァの口内を蹂躙する。シモンの背中に手を回せば、身体の中で彼のものが嬉しそうにぴくりと反応した。

――とても長く濃密な交わりのあと、ネーヴァは新しいナイトドレスに袖を通して水を飲む。声を出しすぎて喉がからからだったので、冷たい水が気持ちよかった。

シモンは律儀にベッドのシーツを交換してくれている。

普通の貴族ならメイドに任せることだ。最初の頃は彼も使用人を呼ぼうとしたが、ネーヴァは行為の直後に使用人を部屋に入れたくはなかった。部屋の空気もこもっているし、とにかく恥ずかしい。

シーツを交換しなければならないくらいの行為をするのをやめてくださいと伝えたところ、彼は自分で代えることを選んだ。そうまでして、彼はネーヴァを濡らしたいし、体液に興奮するらしい。本当に、なんて特殊な嗜好に目覚めてしまったのか。

交換し終わったシーツは籠に入れられる。メイドに負けずとも劣らないくらい完璧なベッドメイクをした彼は、ネーヴァが水を注いだグラスを受け取ると一気に飲み干した。彼も喉が渇いていたのだろう。

「この酒と香の効果だが、この程度なら問題は起きないだろう」

真剣な顔でシモンが分析する。

「ええ、そうですね。誰彼構わず襲いかかることはないと思います」

ネーヴァもこれなら大丈夫だろうと頷いた。もしかしたらあの夫婦は追放期間中にかなりの財を築くかもしれない。

「その……効能に惑わされ、不躾なことを聞いたと思う。すまない」

「……！」

素直に謝られて、ネーヴァは驚いたように目を瞠る。

効能のせいにしているけれど、あれは彼が抱えていた本心だろう。本当はずっと聞きたかったのだと思う。そして、ネーヴァに肯定してほしかったのだ。

「シモン様」

ネーヴァはシモンの手を取ると、紳士のように甲に口づける。

「過去はどうあれ、今の私はシモン様だけを愛していますし、これから先もずっとそうです」

「ああ……そうだな。わかっている。知っている」

シモンはしみじみと頷いた。

彼ほどの男とて、頭ではわかっていても不安になる時があるのだろう。人の心とはままならないものだ。

完璧主義の彼がこうして弱い部分を見せてくれるのが嬉しかった。それくらいネーヴァは心を許されているのだろう。

激しく抱かれるのも、愛を囁かれるのも、あの日に顔を焼こうとした時も、彼の深い愛情が伝わってきた。

それでも今、こうして彼の繊細な心の中をさらけ出してもらえることに幸せを感じる。

きっと、今度の結婚は上手くいくだろう。

「今日は手を繋いで寝ますか？」

明るい調子で言えば、意外にも「ああ」と肯定される。

結局、その日は仲よく手を繋いで眠った。


――二人だけの寝室が賑やかなものになるのは、ここからそう遠くない日のことである。

おまけ　監査から戻った直後の精霊大臣

Honey Novel

「我が精霊省の女性文官に交際を迫っているのは貴殿で間違いないか？」

精霊大臣シモン・ジフォードの問いかけに、下っ端の文官は肩を竦《すく》みあがらせた。口をぱくぱくとさせるが、声が出てこない。

彼の返事を聞かぬまま、シモンは言葉を続ける。

「貴殿が今後もネーヴァ・ハイメスに交際を迫るというなら、話があるのだが」

「……い、いえ。いいえ！　それはもう過去のことで、今はそんなつもりはありません！」

「そうか。ならばいい」

「失礼します！」

文官は逃げるように立ち去る。その哀れな背中を眺め、シモンは小さな溜《た》め息《いき》をついた。

そして、男性の名前がずらりと羅列された書類を取り出す。

「これで最後だな」

たった今逃げ帰った文官の名前の上に線を引くと、すべての名前を消し終わった。

――香りの精霊地区から王都に戻った日、シモンは密偵からとある報告書を受け取っていた。

この国では大臣以上の役職になると、密偵部隊の使用権を与えられる。その存在を公にされていない密偵部隊は精鋭揃《ぞろ》いで、仕事のことでも私的なことでも好きに利用できた。

シモン・ジフォードも怪しげな精霊地区には密偵を送り、極秘裏に内情を調べさせていた。それは仕事に大変役立ち、彼らの優秀さをシモンは把握している。

密偵部隊は諜報《ちょうほう》活動だけでなく、腕も立つ。実は香りの精霊地区の監査にも同行させていた。騎士たちも密偵の存在には気付かなかっただろう。短時間とはいえ宿でグレオスとネーヴァを二人きりにできたのも、密偵が見張っていると知っていたからである。

仕事人間だったシモンは今まで私的なことに密偵部隊を使用したことはない。しかし、今回初めて個人的な調査を依頼した。

そう、ネーヴァに交際を迫っている男性についてだ。

好きだと自覚する前からネーヴァがもてているのは知っていた。彼女を口説くため精霊省に来る男を見かけたことは一度や二度ではない。

離婚歴があるとはいえ、ネーヴァの容姿は美しい。「綺麗《きれい》な女性だが、戸籍に傷がついているなら自分でも落とせるんじゃないか」と、彼女を狙う男はたくさんいた。……もっとも、再婚するつもりのないネーヴァは軽くあしらっていたようだが。

ともあれ、シモンは密偵を使ってネーヴァに交際を迫る男性の情報を入手していた。彼女を口説こうとしている今、彼らはシモンの恋敵である。

一体ネーヴァを狙っているのはどんな男なのかと、こうして「ご挨拶」に回ってみれば、「交際を迫っているなら話がある」と伝えただけで皆逃げてしまった。

おそらく自分の部下がしつこく迫られているのを見かねて、上司のシモンが動いたとでも勘違いしたのだろう。シモンにしてみれば、個人的に話をしたかっただけだというのに。

（まあ、私が他人にどんなふうに思われているかなど、自分が一番よくわかっているが）

怖い上司が出てきただけで恐れをなして逃げる男なんて、ネーヴァにはふさわしくない。

こうしてシモンが声をかけて回ったことで、しばらくは彼女に近づく男がいなくなるだろう。

その間、集中して彼女を口説き落とすのみだ。

書類を懐にしまい、シモンはその足で貴族省に向かう。

貴族省は貴族の爵位授与や剝奪、継承、そして相続や婚姻、養子縁組に到《いた》るまで、貴族関係のことを司《つかさど》っている。そこの副大臣がシモンの同期だった。

貴族省に顔を出せば、シモンの来訪に気付いた副大臣が近寄ってくる。

「久しぶりだな。どうした？」

「こみいった話がある。少しいいか？」

「ああ、わかった」

仕事絡みの相談だと思ったのだろう、副大臣は貴族省の会議室に案内してくれる。ここでの会話は外部に聞こえない。

「それで、用件は？」

副大臣に尋ねられると、シモンはとある男の情報が記された書類を彼に差し出した。そこには、ネーヴァの元夫の名前が記されている。

こちらも密偵に調べさせた情報だった。

「田舎の男爵子息か。こいつがどうした？」

「父親である男爵が亡くなり、爵位継承や相続の手続きのためここに来る。おそらく明日か明後日《あさって》には貴族省を訪れるだろう。この男が来たら、処理を遅くして勤務時間が過ぎるまで留《とど》まらせてくれ」

「そのくらいできるが、理由を聞かせてくれ。精霊絡みでなにかやらかした男なのか？」

「違う。私が妻にしようと思っている女性の昔の夫だ」

「なんだと」

副大臣は驚きのあまり手にしていた書類を床に落とす。

「妻って……お前は一生独身だと思っていたぞ。いつの間にそんなことになっていたんだ？」

書類を拾いながら彼が聞いてきた。

「私もよくわからん。気がついたら好きになっていたようだ」

「うわ……。ちなみに相手は？」

「我が省のネーヴァ・ハイメスだ」
「ああ、あの綺麗な人か。……いやいや、お前、顔で選ぶような男じゃなかっただろう？」
副大臣はよく精霊省に顔を出している。よって、容姿が目立つネーヴァの顔は把握していた。
「顔で選んだわけではない。……まあ、かわいらしいとは思うが」
「かわいい？　あの美人を？　……はぁ、そうか。そう見えるってことは本気なんだな」
副大臣は目を眇《すが》める。
「ネーヴァの元夫だが、彼女に未練があるようでな。貴族省に手続きに来たついでにネーヴ
ァに接触するつもりらしい」
「つまり、彼女と接触させないように、勤務時間中はここに留まらせろってことか？」
「いや、違う。私も彼女も監査の事後処理があるので、省の皆が帰ったあとも残って仕事を
している。その男には私が直々《じきじき》に引導を渡したいから、ネーヴァと二人きりの時に精霊省に
来るように仕向けてほしい」
「はー、なるほど。了解。元妻に接触しようとしているなら居場所を聞いてくるだろうし、
頃合いを見計らって、さりげなくネーヴァさんが精霊省にいるって情報を吹きこんでやる
よ」
彼の言葉に「助かる」とシモンは頭を下げた。

「はー、しかしお前にもとうとう妻にしたい女性ができたか。うちの娘なんてもう十四歳だぞ。お前はこれから結婚して子育てか。あれは大変だぞ……って、そもそもお前大丈夫か？ネーヴァさんまだ二十代だろ？　男として使いものになるのか？　それ以前に、女性経験がないだろう？　大丈夫なのか？」

副大臣は下世話な話をしたいわけではなく、心から心配しているのだろう。眉根を寄せた彼にシモンははっきりと言い放つ。

「問題はなかった」

その一言で副大臣は理解したらしい。

「そ、そうか……。結婚前にお前が……」

副大臣はシモンと付き合いの長い男である。知己の変貌ぶりに衝撃を受けているようだ。

「お互いにいい年齢だ。十代の子供でもあるまいし、問題ないだろう」

「まあ、そうだな。……気になるから、今度飲みに行こう。詳しい話を聞かせてくれ」

「わかった。それと、貴族省の大臣は次期宰相選に出るのだろう？　私は下り、貴族省大臣の支持に回ると伝えてくれ」

シモンが次期宰相の有力候補だというのは有名な話だ。宰相は大臣の中から立候補を募り、各省の上層部による投票で選ばれる。シモンは今まで選挙に出るとも出ないとも明言しなかったが、初めて意志を露《あら》わにした。

「はあ？　はー、今日はまた驚くことばかりだな……。確かに出るかどうか悩んでいたみたいだが、どうしてだ？」

「宰相になると、どうしても城内での仕事が多くなる。私は自分が現場に行きたい性《たち》だからな。それでも宰相の仕事はやり甲斐《がい》があるから悩んでいたが……精霊省に留《とど》まりたくなった。それに、これ以上仕事が忙しくなったら逢《あ》い引《び》きの時間もなくなるだろうからな」

「お前、そこまで……。お前でも恋すると変わるんだな」

副大臣は信じられないというような眼差《まなざ》しをシモンに向ける。

「まあ、お前が支持に回るなら当選は堅くなるだろうし、うちの大臣も喜ぶと思うぜ」

「だろうな。そして貴族省大臣が宰相になれば、君が大臣に繰り上がるだろう？　君が大臣になれば私も仕事がやりやすくなる」

「……そうだな。俺もそろそろ大臣の椅子に座りたい。俺もお前がいると、やりやすそうだ。じゃあ、この件は任せろ」

副大臣はシモンに元夫の書類を返す。彼はそろそろ話は終わりだと判断したのだろう。

「よろしく頼む」

シモンは立ち上がり、自分の精霊省へと戻った。

——その翌日。

他の文官たちが帰った後も、シモンとネーヴァは二人で仕事を続けている。すると、精霊省に来客が現れた。

「あら？　こんな時間に？　閣下に用があるのでしょうか」

ネーヴァが扉へと向かう。

その瞬間、シモンが密かに口角を上げたことにネーヴァは気付かない。きっと、一生知ることがないだろう。

あとがき

はじめまして、もしくはこんにちは。こいなだ陽日と申します。

このたびは拙作をお手にとっていただき、誠にありがとうございました。

こちらは私がハニー文庫様で書かせていただく二作目の作品になります。

プロットが二つあったのですが、今回は炎かりよ先生にイラストをご担当いただけることが先に決まっており、担当様の「炎先生なら四十歳の色気のあるヒーローの作品にしましょう！」の一声でこちらの話になりました。

なんと、ネーヴァはハニー文庫様では初の男性経験があるヒロインとのことです。

ネーヴァの男性経験についてはどうするか迷ったのですが、童貞の男がヒロインの昔の男を気にするシチュエーションが大好きなので、元夫と経験済みにしました。この設定にGOサインを出してくださった心の広い担当S様、本当にありがとうございます！

もちろん、ファンタジー系TL小説ならヒロインは処女がいいというかたも多いと思います。そこで、わかりやすいようにタイトルにバツイチと入れて、試し読みが公開されるプロローグにもヒロインに男性経験があることを明記しました。

この物語はいかがでしたか？　楽しんでいただけたなら嬉しいです。

私も書いていてとても楽しかったです。いつかまた、男性経験ありのヒロインと童貞ヒーローの話を書きたいです！

素敵なイラストを描いてくださった炎かりよ先生。誠にありがとうございました。炎先生にイラストをご担当いただけると聞いた時は嬉しくて舞い上がってしまいました。オールバックの眼鏡ヒーロー、大人の色気がありすぎて最高です！　この本は家宝にします！

担当様をはじめとする、この本にかかわってくださった皆様。本当にありがとうございます。大変お世話になりました。皆様のおかげで、この作品ができました。心からお礼申し上げます。

それでは、最後までお読みいただき本当にありがとうございました。最大限の感謝を！

感想やお手紙などいただけますと嬉しいです。またお会いできますように。

こいなだ陽日

こいなだ陽日先生、炎かりよ先生へのお便り、
本作品に関するご意見、ご感想などは
〒101-8405
東京都千代田区神田三崎町2-18-11
二見書房　ハニー文庫
「バツイチですが堅物閣下（四十歳）の初恋を奪ってしまいました」係まで。

本作品は書き下ろしです

Honey Novel

バツイチですが堅物閣下《かたぶつかっか》（四十歳《よんじゅっさい》）の
初恋《はつこい》を奪《うば》ってしまいました

2023年３月10日　初版発行

【著者】こいなだ陽日《ようか》

【発行所】株式会社二見書房
東京都千代田区神田三崎町2-18-11
電話　03(3515)2311[営業]
　　　03(3515)2314[編集]
振替　00170-4-2639
【印刷】株式会社 堀内印刷所
【製本】株式会社 村上製本所

落丁・乱丁本はお取り替えいたします。
定価は、カバーに表示してあります。

ISBN978-4-576-23013-9

https://honey.futami.co.jp/

甘くとろける蜜の恋☆濃蜜乙女レーベル
Honey Novel
騎士団長は恋人が愛くるしくてたまらない！
Novel こいなだ陽日
Illustration 八美☆わん

甘くとろける蜜の恋☆濃蜜乙女レーベル
Honey Novel

桐舞子の本

宰相を目指す公女は、野性王子に翻弄される

イラスト=園見亜季

女性宰相を目指すネイディーンは十三年前に誘拐された王太子ライオネルと再会。
野生化した変貌ぶりにドン引きするが妃候補にされて!?